FLOR DE CUNETA I

FLOR DE CUNETA I

Jesús María Cascallana García

Flor de cuneta I
Jesús María Cascallana García

Editado por:
PUNTO ROJO LIBROS, S.L.
Cuesta del Rosario, 8
Sevilla 41004
España
902.918.997
info@puntorojolibros.com

Impreso en España
ISBN: 9788416439621

Maquetación, diseño y producción: Punto Rojo Libros
© 2015 Jesús María Cascallana García
© 2015 Punto Rojo Libros, de esta edición

La vida es un momento llena de momentos

Índice

Prólogo

Y la vida sigue

El presente podría ser un merecido descanso lleno de alegría, paz y felicidad, una especie de «fueron felices y comieron perdices»... pero no es así.

Con cincuenta y dos años, separado, convivo con mi madre de ochenta y dos y mis dos hijos de veintiuno y diecinueve. Mi padre intentó establecer un orden, sin éxito, y yo estoy obteniendo el mismo resultado en una situación mucho menos compleja.

Una y otra vez fracaso intentando ayudar a mis hijos a que cambien para mejor. Intento convencerles de la importancia de mantener hábitos saludables, trato de que sean responsables, ordenados, que estudien, que lean, que se cuiden y, en definitiva, que hagan cosas que les sienten bien. Sin embargo, por ahora, lo único que he conseguido es provocar mayor dolor e incomprensión. A pesar de ello, algo me dice que incluso mis errores son necesarios y posiblemente parte de la solución. No lo sé. De lo que sí estoy convencido es que no existe un único camino; ni una única solución o una educación modelo, sino que, al final, casi todo puede llegar a ser paradójico.

Ahora puedo comprender cómo se sentía mi padre, y llegar a entender lo que años atrás me parecía injustificable. Recuerdo mi incredulidad y mi rechazo ante muchas de sus conductas: su agresividad, su mal genio e inaccesibilidad. ¿Quién me iba a decir que yo mismo me vería abocado a cometer los mismos errores?

Un denominador común de ambas historias es mi querida madre, Alicia; una persona capaz de hablar, cantar y reírse casi todo el tiempo, con una energía inagotable. Pero, al igual que mi padre, también yo he sufrido su deslealtad ante cualquier intento de imponer una disciplina o ciertas normas en el hogar. No sé qué importancia ha tenido y tiene esta circunstancia, pero estoy seguro de que mi padre y yo estaríamos de acuerdo en que ella ha sido siempre la persona sobre la que ha girado la vida de todos nosotros y la de ambas familias.

Siento que la historia se repite y que soy incapaz de cambiarla; al menos hasta ahora así ha sucedido. Mientras manifiesto mi desesperación e impotencia por no lograr que mis hijos cambien, mi madre sigue repitiéndome que no me preocupe, insistiendo en que reza cada día a Dios y que confíe en que Él lo va a solucionar todo. Sé que ella sufre por mis hijos, pero sobre todo por mi dolor y es esto último lo que intento transcender para intentar devolver a mi madre parte de lo que ella nos ha regalado en abundancia: alegría y amor.

A pesar de todo lo que le ha tocado vivir, ha sido y sigue siendo la misma. Ella me ha ayudado a comprender que las soluciones no están solo en nuestras manos, que muchas veces no dependen de las propias decisiones y que a veces se gana perdiendo.

Mi madre continúa luchando en la vida por nosotros, cantando, rezando y hablando con todo lo que le rodea: con una flor, con sus pájaros..., y sobre todo, con su Dios y su Virgen. Cada noche nos deja escritas notas de cariño con dibujos de coloridas flores y corazones. En alguna ocasión me ha recordado que no debo cerrar con brusquedad un simple cajón de la cocina, recalcándome que todo en la vida hay que hacerlo con amor y que cierre el cajón con cariño y respeto. Le gusta recordarnos que Dios es amor y nos demuestra día a día que ella tiene ese amor muy dentro de sí misma y es su fuente inagotable de energía.

Esta obra es mi regalo para ella y un tributo a mi padre. Narra la historia de Alicia y refleja en gran medida lo que ella es. Y como ya dijo alguien un día muy lejano, *"a Alicia hay que quererla como es y no como debiera ser"*.

Capítulo 1

Por el principio

—¿Por dónde empiezo, hijo mío?

—Por el principio, mamá.

—Bueno, pues nací el 12 de mayo de 1933 en un pueblecito del Bierzo, en la provincia de León, llamado Congosto. Recuerdo que pasear por este pueblo era conocer a su gente y siempre encontrabas personas sentadas a las puertas de sus casas. Me viene a la mente especialmente el olor que nos regalaba todos los días el panadero con su horno de leña, y las calles del pueblo siempre animadas por pollitos, vacas, perritos y corderitos. Su gente era muy trabajadora, cada uno era autosuficiente y cubría en la medida de lo posible sus necesidades.

Mis dos hermanos, Jovino, un año menor que yo, y Raúl, con un año más, vivían en una casa grande con mis padres, Paco y Paca, y mi tía Francisca. Yo residía con mis abuelos, Micaela y Emilio, y apenas tenía trato con mis hermanos ni con mis padres. Así lo decidieron y nunca supe la razón. Me afectaba mucho que mis padres no se preocuparan por mí y no me sentía bien cuando estaba con ellos. Mi padre ejercía como maestro del pueblo, y mi madre era como una estatua de mármol: tan bella como fría.

Por suerte, a pesar de mi falta de contacto con mis padres y hermanos, tuve todo el afecto que necesitaba gracias a mis abuelos. Les recuerdo por su amor, su dulzura y su ejemplo de vida. Me enseñaron a respetar todo lo que Dios ha creado para nosotros y a querer a los animales, con los que me gustaba jugar y a los que solía dar de comer. En la parte trasera de la casa había un jardín con muchas flores y una mimosa enorme; era muy frondosa y se cuajaba de flores amarillas al llegar la primavera. Parecía que te acariciaba cuando te ponías a su sombra, y no solo daba colorido a la casa, sino también un perfume intenso y agradable que se extendía más allá de sus muros. Muchas veces comíamos bajo el árbol, con la compañía de perritos, gatos y pajarillos que bajaban a picar las migas de pan.

—*Mira, Alicia, falta un pajarito de los que vienen a comer con nosotros* —dijo un día mi abuelo Emilio.

—*Pero abuelo, ¿cómo puedes saber que falta uno?*

—*Vienen siempre once. Lo sé porque los cuento todos los días. Pero hoy han venido diez.*

—*¡Abuelo, estará volando!*

—*No, Alicia, siempre vienen todos juntos a comer.*

No dijimos una palabra más y no le hice apenas caso, pero al día siguiente, al sacar agua del pozo, salió un pajarito muerto y recordé lo que había dicho mi abuelo.

Un día soleado, mi abuela Micaela y yo descansábamos bajo la mimosa. Me quedé ensimismada observando el gran bigote que ella lucía sin complejos y le pregunté:

—*Abuela... ¿por qué no te quitas el bigote?*

—*Alicia, lo que Dios da no se puede quitar.*

—*Pero, abuela, estarías mucho más guapa sin ese bigote.*

—*No te preocupes, Alicia. Yo soy muy feliz así.*

Una tarde de primavera, especialmente calurosa, me encontraba cerca de mi casa jugando a la comba con unas amigas. Sin saber por qué, miré de forma instintiva a la mimosa y justo en ese instante pude ver cómo caía. Nerviosa, salí corriendo hacia ella, y cuando llegué me encontré a mi padre recogiendo la sierra con la que había cortado mi querido árbol. Había talado nuestra mimosa sin el consentimiento de mis abuelos. No supe qué pensar ni qué decir. Si mi abuela no se quitaba el bigote porque Dios se lo dio, ¿cómo mi padre, sierra en mano, segaba la vida de tal regalo de la naturaleza? Mis abuelos y yo nos quedamos tristes y desconsolados al saber que nunca más descansaríamos al cobijo de nuestro amado árbol.

No me atreví a preguntar a mi padre por qué había cortado la mimosa, pero pensé que no sabía amar la naturaleza creada por la mano de Dios, y así se lo hice saber a mi abuela. Ella se puso muy triste y al final lloramos porque la mimosa ya no estaba con nosotros.

También guardo un recuerdo muy especial de mi perrito León. Era pequeño, negro y con los ojos grandes. León y yo solíamos jugar casi todos los días al escondite. Él había aprendido a esconderse y nos divertíamos mucho juntos. Cuando iba a misa, siempre me esperaba a la puerta de la iglesia sentado y muy atento hasta que me veía salir, entonces empezaba a dar saltos de alegría y a corretear a mí alrededor.

Un día, jugando por el jardín lo perdí de vista y mientras lo buscaba apareció mi madre:

—*¡Alicia! ¿Qué buscas?*

—*A León. Estaba jugando con él y no sé dónde se ha metido.*

Ella me miró impasible y me dijo: —*No lo busques, porque lo he tirado al pozo.*

—*¡No, no! ¡No puede ser, no es posible!* —exclamé mientras mis lágrimas caían a raudales.

Me quedé llorando junto al pozo, e inútilmente busqué dentro a León con la mirada. Después, perpleja, permanecí con la vista fija en mi madre, esperando alguna explicación; pero ella se limitó a contemplarme sin decir palabra mientras se alejaba indiferente.

Estuve mucho tiempo confusa, triste y desconfiada, pues no sabía qué podía pasar ni por qué los adultos actuaban de esa manera. Así aprendí, por experiencia propia, que el mal existe y la profunda huella que es capaz de dejar. Aún, entre mis recuerdos, siguen apareciendo mi mimosa y mi perro León, y sé que me acompañarán hasta el final de mis días.

Cuando ya tenía 9 años, mis padres vivían con unos tíos sacerdotes y con mi tía Francisca, que era quien cuidaba la casa; tenía un carácter agrio y siempre vestía de negro. De pequeña perdió el ojo izquierdo, y el hueco se lo tapaba con un paño negro y una cinta que le rodeaba la cabeza para sujetarlo, lo que la afeaba aún más. Un día me dijo mi abuela Micaela que fuera a casa de mi madre para llevarle una cesta de huevos frescos y un requesón que ella misma hacía con la leche de las cabras. Me pidió que no tardara mucho porque tenía que ayudarla a colocar el tabaco del estanco del que era propietaria, así que fui contenta a llevarle a mi madre el regalo y llamé a la puerta. Abrió mi tía Francisca y me dijo:

—*¿Qué quieres?*

Yo, inmóvil por el miedo, le contesté: —*Traigo un regalo para mi madre y para usted de parte de mi abuelita.*

—*Pues espera, que está comiendo.*

La puerta tenía en su parte baja una especie de arco o «gatera», que servía para que entraran y salieran los gatos. Como tardaba tanto, me asomé por la gatera por si podía verlos. Entonces mi tía Francisca se dio cuenta, se acercó a la puerta y me pegó una patada en la cara que me hizo sangrar por la nariz y por la frente. Ni mi madre ni mi padre se inmutaron.

Me fui corriendo a casa de mi abuela, dejando la cesta en la puerta. Cuando me vieron llegar llorando y con la cara ensangrentada se asustaron mucho. Después de curarme y de que les contase lo sucedido, me dijeron entristecidos que no volvería a esa casa mientras esa mujer estuviera con mis padres.

Con la llegada del invierno, el pueblo se vestía de blanco, y de las ramas de los castaños nevados colgaban unas lágrimas heladas sostenidas por un invisible hilo de hielo a las que llamábamos carámbanos. Colgaban de todos los sitios, también de los tejados del pueblo, creando una imagen maravillosa. Recuerdo que cerca de la casa de mis abuelos había una poza muy grande llena de agua que con las grandes heladas se convertía en una pista de patinaje, alegrando así la vida de todos los niños de la zona.

Flor de cuneta I

En la iglesia del pueblo había una Virgen a la que se tenía mucha devoción. Contaban los mayores que la Virgen se apareció a unos pastores encima de una peña y les mandó que dijeran a las autoridades que levantaran allí un convento. Así lo hicieron, y la bautizaron como Virgen de la Peña. Todos los años, en el mes de mayo se subía a la Virgen a aquel lugar en una romería que reunía a todas las gentes de los pueblos de alrededor para acompañarla en procesión. Se hacía una fiesta en el campo y allí merendaban los vecinos en familia. Al terminar la romería bajaban a la Virgen a su iglesia cantándole bellas canciones.

Cerca de la peña había lobos que se alimentaban de otros animales, como conejos o liebres. Pero en invierno, cuando todo estaba nevado y las presas no corrían por los montes, bajaban al pueblo para buscar comida. Una noche mis abuelos me despertaron para que viera a una loba y sus cachorritos.

La madre aullaba mirándonos con unos ojos grandes y tristes, y daba la sensación de que pedía comida para sus crías.

Nos dio tanta pena que le dije a mi abuela que le diera algo de comer, y le arrojamos una costilla de cerdo desde mi ventana. La loba cogió la costilla y la partió para dársela a sus lobeznos mientras los lamía. Entonces mis abuelos me dieron más comida para que también se alimentara la madre y desde entonces, una vez por semana, la loba aullaba bajo nuestra ventana para alimentar a sus cachorritos. Ella nos miraba con ternura y yo le daba emocionada su comida, hasta que una semana no apareció. Al poco tiempo me enteré de que el pueblo celebraba una fiesta en honor a un señor que había matado a una loba; mi alma se heló cuando la vi muerta en una carretilla. La pasearon por todo el pueblo cantando y festejando su muerte, mientras muchos arrojaban monedas en señal de agradecimiento. La canción, entonada alegremente por la gente del pueblo —algunos ya bebidos— decía así:

21

Flor de cuneta I

Y aunque me ves, que me ves, que me caigo,
es una gran borrachera que yo traigo.
Aunque me ves, que me ves, que me voy cayendo,
es una buena borrachera que yo tengo.

Al mismo son de la canción, mis lágrimas se derramaban amargas. Para consolarme me decían que los lobos eran peligrosos y que mataban a las personas para saciar su hambre, pero nada de eso me hacía borrar de la mente el amor de la loba a sus cachorros, y su imagen troceando la comida con los dientes para que ellos la pudieran tragar. No quería que me hablaran mal de los lobos y ninguna de las cosas que me contaban aplacaba mi dolor, pues yo sabía que la loba, después de comer, se iba con sus cachorros al monte y a nadie atacaba. Solo quería comida para sus crías.

Pasó el invierno, y la primavera fue un amanecer de nardos, mimosas y rosas. Todo se llenaba de flores amarillas, amapolas rojas, zarzas y moras chiquitinas que se podían comer y estaban muy ricas; aunque yo, en lugar de comerlas, me divertía haciendo collares con ellas. Había también unas flores llamadas «pan y queso», que eran un auténtico manjar para los corderos, y que a mí también me gustaba comer.

Me alegraban los días de calor y me hacía gracia que a la sombra hiciera fresco. Era fácil encontrarse a gente sentada a las puertas de sus casas, en una especie de banco de piedra que se llamaba «poyo», buscando el descanso y el cobijo que da la sombra. Recuerdo con cariño a la señora que se dedicaba a la limpieza de las casas y al lavado de la ropa. Se llamaba María Ángeles. Era delgada, de estatura media, con gesto agradable y dulce, aunque con aspecto algo envejecido para sus cuarenta y cinco años. Además, era casi sorda y siempre la recuerdo arrodillada sobre una almohada, fregando el suelo. Emanaba un perfume a aguardiente casi perenne, que yo percibía mucho más intensamente cada vez que tenía que acercarme a su oído izquierdo para que me oyera. Le dijera lo que le dijera, al final siempre me regalaba una sonrisa y una mirada cariñosa.

María Ángeles hacía un rosco con un pañuelo grueso y se lo ponía en la cabeza. Encima se colocaba el balde de ropa sucia para ir caminando al menos tres kilómetros hasta «La Tueca», que era un precioso riachuelo de agua abundante, pura y cristalina, donde lavaba. Después tendía las prendas en las plantas, entre romeros y albahaca, las doblaba con esmero y las colocaba de nuevo en el balde para regresar a nuestra casa.

Un día quise imitarla, y sin decir nada a mis abuelos, cogí un cestito donde metí la ropa de mis muñecas, mi camiseta, el viso, el cancán y toda la ropa interior. Tomé un pañuelo, hice un círculo con él, lo puse sobre mi cabeza y me marché a La Tueca a lavar la poca ropa que portaba. Yo sabía que por allí había lobos, pero a mí ya no me daban miedo porque llevaba comida por si me encontraba alguna loba hambrienta. Estuve cantando toda la tarde, y una de las canciones decía así:

> Agua fría de la rivera,
> agua que la baña el sol,
> tres corpiños y un delantal,
> cuatro fundas y un camisón.
> Y la ropa lavada está
> y contento mi corazón.
> ¡Ay, agua no te quejes!
> ¡Ay, que el jabón no mancha!
> ¡Ay, mira cómo está mi ropa!
> ¡Ay, del color de la plata!

Flor de cuneta I

Entre sol, sombra y canciones se pasaron las horas, y al volver mis abuelos me castigaron porque los había preocupado mucho y creían que me había pasado algo.

Capítulo 2

La oración de San Antonio

Una noche, de madrugada, me desperté porque empecé a sentir mucho calor. Entonces vi cómo caían ardiendo algunos trozos de las vigas de mi habitación. Fui corriendo hacia el dormitorio de mis abuelos y vi que la parte superior de la puerta estaba en llamas, así que, desesperada, les grité:

—*¡Abuelos, salid, que la casa está ardiendo! ¡Las puertas están cerradas y no puedo abrirlas!*

Pero ya no podían salir, porque el fuego nos estaba rodeando. Empecé a llorar y mi abuela me contestó:

—*Si no sale el abuelo me quemo con él, mi estrella; rézale a San Antonio para que nos salve.*

Flor de cuneta I

Entonces me puse a rezar la oración de San Antonio:

Si buscas milagros mira
muerte y horror desterrados,
miseria y demonios huidos,
leprosos y enfermos sanos.
El mar sosiega su ira,
redímanse encarcelados,
miembros y bienes perdidos
recobran mozos y ancianos.
El peligro se retira,
los pobres van remediados,
cuéntelos los socorridos
y díganlo los paduanos.
Ruega Cristo por nosotros,
Antonio glorioso y santo,

para que dignos así
de tus promesas seamos.
Padre mío San Antonio,
siempre he tenido fe
y confianza en vos,
que me habéis de ayudar
en esto que os pido.
Por el Señor que mucho amasteis,
por el niño Jesús que tuvisteis
siempre en vuestros brazos,
os suplico padre venturoso me otorguéis
esto que os pido si ha de ser
en servicio de nuestro señor Jesucristo,
que podamos salir vivos de este fuego.

En ese momento algo pasó, pero nunca he conseguido recordarlo. De repente me encontré en la calle, sintiendo mucho frío, y la casa seguía ardiendo. Enseguida llamé a todos los vecinos, y unos primos tiraron la puerta a hachazos y rescataron a mis abuelos. El abuelo tenía casi todo el cuerpo abrasado, y la abuela también sufría de importantes quemaduras. Mis primos, ennegrecidos y nerviosos, me preguntaron:

—*Pero, ¿quién te sacó a ti cuando todo estaba ardiendo?*

—*Solo me acuerdo de que le estaba rezando a San Antonio... No sé lo que pasó, solo que ahora estoy aquí* —contesté, desconcertada.

Mi abuela Micaela pudo curarse, pero mi abuelo Emilio no sobrevivió; murió a los dos meses del incendio, debido a las importantes quemaduras que tenía por todo el cuerpo. Como la casa había quedado destruida, tuvimos que ir a vivir con mis padres. Mi abuela se pasaba horas y horas hablando de mi abuelo, y me decía:

—*Alicia, el abuelo está en el cielo con Dios, porque siempre ha sido muy bueno, y nosotras tenemos que seguir su camino para volver a estar algún día juntos.*

Por la noche, después de rezar, me pedía que le cantara las canciones que me había enseñado el abuelo, pero lo que yo no podía comprender era por qué mientras cantaba, mi abuela Micaela lloraba. Entonces le preguntaba:

—*Abuelita, ¿por qué lloras?*

—*Alicia, tú sigue cantando, algún día te lo diré.*

Siempre dormía con mi abuela, y una noche me confesó:

—*Escucha, estrella, no digas a nadie lo que te voy a contar, pero desde que vivo con tu madre y tu padre me siento desplazada. Ellos me tratan con indiferencia y desprecio. Si no fuera por ti, que me das amor, me moriría. Pídele a Dios que me lleve con el abuelo.*

—¿*A Dios o a San Antonio?*

—*A San Antonio, me da igual.*

Aunque tenía solo diez años, veía a mi abuela con tanta necesidad de amor que cuando iba a jugar con mis amigas la llevaba a casa de una conocida suya, porque sabía que allí le darían cariño. Cuando la recogía mi abuela volvía a ser la de siempre, alegre y con ganas de hacerme sonreír.

Una mañana me desperté y la abracé como siempre, pero ella estaba muy fría. Intenté darle mi calor abrazándola.

—*Abuela, contéstame* —le dije una y otra vez, pero no tuve respuesta. Mi abuela se había ido al cielo, y yo seguía aferrada a ella para dar calor a su cuerpo frío. Cuando llegó el médico, exclamó:

Flor de cuneta I

—*Pero ¿esa niña qué hace ahí, con una persona muerta en la cama?*

No recuerdo si en esos momentos lloraba, solo recuerdo haber derramado lágrimas cuando la enterraron. Mi abuela ya no estaba conmigo y me sentía triste y sola. Su compañía era luz en mi vida, y la recordaba cada noche rezando a San Antonio para que la cuidara en el cielo.

Pasaba todas las mañanas arreglándo su sepultura, que era de tierra. La tenía siempre cubierta de jazmines, corazones y estrellas, y también le componía pequeños poemas que aplacaban algo mi pena por no tenerla:

> Voy soñando distancias,
> voy caminando en silencio.
> Las estrellas brillan a lo lejos.
> Tengo mi corazón quemado
> de tanto que te quiero.

Un día que llevaba muchas flores para hacerle más estrellas, pisé un hoyo muy profundo. Me hundí con todas las flores y pensé que uno de los muertos me había cogido. ¡Qué susto! El hoyo era una sepultura que nadie arreglaba, por lo que estaba rodeada de hierbas y no se veía, así que a mi paso cedió. No sé cuánto tiempo permanecí allí, pero en un momento dado pude escuchar las voces de dos señoras mayores, y les grité:

—*¡Por favor, ayudadme a salir de aquí!*

Pero en lugar de socorrerme, empezaron a dar gritos y salieron corriendo, mientras yo seguía metida en ese agujero sin ver nada ni poder escapar. Menos mal que al menos avisaron al enterrador; le dijeron que alguien gritaba dentro de una sepultura. Él pidió que trajeran al cura, y gracias a ellos pude salir. Cuando me sacaron, lo primero que hice fue arreglar la tumba de mi abuela, mientras ellos me aconsejaban:

—*¡Alicia, vete para casa, no vaya a pasarte algo!*

—*¡Esto me pasó porque todo el cementerio está lleno de hierbas altas y no se ve dónde se pisa!* —contesté, un poco malhumorada. A mí no me daba miedo quedarme sola, porque estaba cerca de mi abuela.

Y así se me iba pasando el tiempo, envuelta en recuerdos.

Capítulo 3

Mi primo Santos

Poco después de la muerte de mi abuela Micaela, mis padres compraron una casita en Quilós, donde empezamos a pasar los veranos. Era un lugar precioso. Atravesaban el pueblo dos presas de agua cristalina que llevaban rumor de canciones; el campo estaba repleto de árboles frutales, y en cada rincón se podían encontrar maravillosas flores.

En Quilós vivía un primo hermano mío que se llamaba Santos. Nació el 8 de marzo de 1931 y su madre era mi tía Carmen. Santos tenía siete años cuando murió su padre en la Guerra Civil, dejando cuatro hijos: el propio Santos, Elsa, Tano y Carmina. Su madre, al año de fallecer su marido, se casó de nuevo con un señor más joven que ella que se llamaba Canores, con el que tuvo una hija a la que pusieron de nombre Raquel.

A mi primo Santos, por sus numerosas gamberradas y travesuras, lo llamaban en el pueblo «O demon», que significa «el demonio». Cuando le conocí él tenía doce años, y más que forjada esa fama de travieso y rebelde.

Por aquella época, estando próximo el final de la Guerra Civil, los moros que controlaban el pueblo guardaban el material militar en casa de mis abuelos, Jovino y Carmen. Era una casa muy grande, con cuadras donde dejaban las mulas y los caballos, y allí, entre los animales, decidieron esconder las armas. Un día Santos quiso robarlas, y para hacerlo tuvo que pasar entre las patas de unas cuarenta mulas que podían haberle dado más de una coz. Se llevó en una bolsa varias pistolas y material explosivo. Cuando llegaron los militares y se dieron cuenta de que les faltaban algunas armas, dieron una buena paliza al soldado que estaba de guardia. Empezaron a investigar y preguntaron a casi todos los vecinos del pueblo, que asustados y nerviosos respondían que no sabían nada de lo ocurrido; hasta que uno de ellos les dijo que el hijo de doña Carmen, que se llamaba Santos, estaba en un pajar con una bolsa llena de cosas, que quizá era lo que ellos andaban buscando. Otro de los vecinos, presa del miedo, les dijo:

—*¡Tenéis que detener a Santos, porque lo he visto con una bomba!* —Entonces fueron corriendo a casa de su madre a preguntar dónde estaba su hijo. Le comentaron lo que pasaba y que había que buscarlo porque la situación era muy peligrosa. Subieron al desván y allí lo encontraron, jugando con las armas. Al verlos, Santos corrió y se subió al tejado amenazando a todos con que si le hacían algo les tiraría una bomba; hasta que finalmente lo convencieron y entregó las armas.

Después del incidente, su madre lo castigó atándolo a una silla y frotándole todo el cuerpo con ortigas. Lo dejó en la parte superior de la casa, a la que se accedía por una escalera con más de veinte escalones muy empinados; después se encaminó a la escuela y les dijo a todos que fueran a ver a Santos, para que así pasara vergüenza y escarmentara. Muchos niños de la escuela corrieron a verlo, maniatado en la silla y llorando amargamente sin poder secar sus lágrimas. Entonces, ante la presencia de tanta gente, se tiró escaleras abajo y se estampó contra el suelo. Seguía atado a la silla y quedó así, tumbado fuera de la casa y con la cara ensangrentada. La mayoría de los niños se fueron asustados hacia sus casas. Su madre salió y dijo que no lo levantaran de donde estaba, que lo iba a tener así un buen tiempo. Mientras estuvo castigado, Tano, uno de los hermanos de Santos, a escondidas de la madre, le llevaba comida y le curaba como podía las heridas.

En otra ocasión, Santos jugaba a la pelota en el centro del pueblo y sin querer rompió el cristal del dormitorio de una vecina. Ésta, muy disgustada, fue a casa de su madre y le exigió que se lo pagara. La madre mandó buscar a Santos y le dio una soberana paliza. Pero él era muy orgulloso y no pensaba dejar las cosas así, de modo que un día entró en casa de esa señora cuando no había nadie, fue al gallinero, enterró las once gallinas que había y les dejó el cuello fuera; a continuación cogió un palo y las mató a todas a golpes. Pero claro, descubrieron que había sido él, así que de nuevo recibió una buena paliza.

La madre de Santos ya no sabía qué hacer con él, hasta que sucedió algo que marcaría su destino. Un día estaban reunidos en la cocina preparando la comida cuando su padrastro, Canores, empezó a reñir a su hermano Tano, y en el transcurso de la riña le pegó un bofetón. Al levantar de nuevo la mano para darle otro, Santos se levantó bruscamente de la mesa con un cuchillo de cocina en la mano:

—*¡La próxima vez que toques a mi hermano, te lo clavo a ti!* —le dijo con voz alta y firme mientras, con un seco movimiento, atravesaba con el cuchillo una hogaza de pan que había encima de la mesa.

Tras aquel incidente su padrastro le dijo a su madre que si Santos seguía en la casa, él se iba:

—*¡O Santos o yo!* —exclamó nervioso su padrastro.

Su madre inmediatamente se dirigió a Santos y le gritó enojada:

—*¡Te vamos a ingresar en un internado, del cual no saldrás en muchos años!*

Y así fue. Santos ingresó en los Agustinos de Valencia de Don Juan, lejos del pueblo, y allí se quedó hasta los diecisiete años.

Yo tenía quince años cuando mi madre decidió ir a visitar a mi hermano Jovino, que estaba en el mismo internado que Santos. Me pareció bien la idea, así que hice la maleta, me puse guapa y nos fuimos las dos a verlo. Llegamos a Valencia de Don Juan, llamamos a la puerta del colegio y un fraile muy atento nos abrió. Mi madre le dijo que íbamos a ver a su hijo, que estaba estudiando allí, y avisaron inmediatamente a mi hermano; llegó acompañado de un chico al que no reconocí. Mi madre, después de darle un beso a mi hermano, me señaló que el otro muchacho era mi primo Santos. Ambos vestían con sotana y portaban un crucifijo al cuello.

Entonces le di a mi primo un par de besos que lo hicieron enrojecer. Inmediatamente me explicó que no podía besarle, porque se estaba preparando para fraile Agustino. Me disculpé, y mi madre comentó que era una niña muy traviesa, que bailaba, que me pintaba las uñas, que cantaba mucho y que seguro que iría al infierno. Santos me advirtió que no debía bailar, porque el baile era un invento del demonio. En ese momento entraron dos frailes más y, sin darme cuenta, al presentármelos les di otro par de besos a cada uno. Todos quedaron muy callados, incluso mi madre. Por fin, uno de ellos rompió el silencio para explicarme que debía besar el crucifijo y no a ellos, aunque sabían que no lo hacía con mala intención.

—*¿Y qué vamos a hacer todos aquí sentados y callados? ¿Por qué no jugamos a algo?* —les propuse.

—*¿A qué?* —preguntaron.

—*A la gallinita ciega* —respondí—. *Yo te tapo los ojos con un pañuelo para que no veas, los demás nos ponemos en fila y tú tienes que adivinar quiénes somos usando el tacto.*

—*¡Vamos, si te tocan a ti no van a saber que eres una mujer!* —dijo Santos en voz alta.

—*¿Entonces, por qué no jugamos al fútbol?* —insistí tras mi fracasada propuesta anterior—. *Ahí nadie tiene que tocar a nadie.*

Al final jugamos el partido. Éramos siete frailes, mi primo y yo. Cuando metí el primer gol estaba tan entusiasmada que me abracé de nuevo a mis compañeros de equipo, dando saltos de alegría. En ese momento, uno de ellos exclamó entre risas:

—*A Alicia hay que quererla como es, y no como debería ser.*

Mi madre, que presenció todas esas cosas, optó por decirles a los frailes que nos íbamos antes de que escandalizara a todo el convento. En el momento de la despedida no dejaba de decirme por lo bajo:

—*Besa el crucifijo, besa el crucifijo y no a los frailes.*

Unos meses después, el día de mi dieciséis cumpleaños, recibí una carta de mi primo Santos que me afectó mucho. Me decía que se marchaba del colegio porque se había enamorado de mí, y que estaba dispuesto a todo para conseguir mi amor. Me asusté y le di la carta a mi madre. Le dije que no quería ver más a mi primo.

—*Ahora sí que te condenas, porque no solo se va tu primo, sino también ocho frailes más con él.*

—*Pero ¿qué he hecho yo para que ellos salgan?* —pregunté enojada y sorprendida.

—¡*Escandalizarlos!* —respondió mi madre con tono severo.

La madre de Santos visitó a la mía y le dijo que su hijo venía de camino por mi culpa. Mi tía no paraba de lamentarse, porque lo único que había pedido a Dios en su vida era tener un hijo sacerdote, y me acusó de haberle robado su vocación. Yo no entendía qué había hecho mal y no me sentía responsable ni culpable de la situación.

Capítulo 4

Frente a frente

Santos se fue a vivir a Ponferrada a casa de un amigo de su madre para poder estudiar en el único instituto que había en la zona. Venía a verme casi todos los días. A mí me gustaba jugar con las muñecas, así que le decía que si quería estar conmigo tendría que jugar a mis juegos. Así lo hizo, y jugando a las casitas y a las muñecas pasamos cuatro meses juntos.

Un día me comentó que iba a estudiar la carrera de Derecho en Oviedo. Él estudiaba mucho y no le parecía justo que para descansar lo pusiera a bañar a las muñecas. También insistía en que me quería con locura y no deseaba otra cosa que ser mi novio; pero yo, muy enfadada, lo empujé y lo eché de mi casa diciéndole que no volviera más, que nunca lo querría, ni siquiera como primo. Se marchó muy triste, aunque yo me quedé encantada.

Santos me escribía casi todos los días desde Oviedo, y en sus cartas y poemas me contaba que rezaba mucho a la Virgen para que algún día lo quisiera; pero ninguna de esas cartas tuvo contestación. Al final, cansada de recibirlas, ni las abría; y él, al no recibir respuesta, no volvió a escribirme. Dejamos de tener cualquier tipo de contacto y así pasaron varios años, en los que llegué a olvidarle totalmente.

Al cumplir los dieciocho años, mi padre me dijo que ya iba siendo una mujercita y que tenía que ir pensando en casarme. Él tenía previsto mi matrimonio con el hijo de un amigo suyo que tenía mucho capital y sus tierras lindaban con las nuestras. Un día me comentó que había un chico en el pueblo, que regentaba una zapatería, al que yo le gustaba, insistiéndome que era de muy buena familia y que debía ser su amiga.

Una tarde fui a su tienda a comprar unos zapatos, con la intención de fijarme en él; pero solo para complacer a mi padre, pues sentía que mi vida estaba completa y que no necesitaba a nadie.

Los zapatos que le pedí estaban en una estantería alta y para alcanzarlos tuvo que hacer uso de una escalera. Debió de colocarla mal, porque empezó a tambalearse hasta que se cayó, y tanto la escalera como la estantería se desplomaron encima de él. Yo no sabía qué hacer, así que me fui corriendo de la zapatería entre risas mal contenidas. Después del incidente me mandaba todos los días una caja de bombones que terminaban siempre en el estómago de mis hermanos.

En una de sus visitas de cortesía me dijo:

—*Alicia, ¿sabes que tu primo se casa con una chica muy guapa de Ponferrada? Se llama Milines.*

—*A mí qué me dices... No me interesa nada de lo que haga o deje de hacer mi primo* —le contesté.

—*En realidad venía a decirte que hay una romería en Quilós, y que podíamos ir juntos y así conozco a tu familia.*

—*¿y tú para qué quieres conocer a mi familia?*

—*Ya te lo diré en su momento.*

—*Yo no voy a la romería del pueblo por no ver a mi primo.*

—*No te preocupes, está todo controlado. Santos no está porque llamé a su madre antes de venir a decírtelo, le pregunté dónde estaba y me contestó que en León dirigiendo un campamento.*

—*Vale, pues me arreglo y nos vamos a la romería.*

Y así lo hicimos.

En el pueblo, como mandaba la costumbre, todos los vecinos rodeaban la plaza donde se disponía la orquesta, así que nosotros hicimos lo mismo. De repente el vocalista anunció con voz fuerte y clara:

—¡«Frente a frente»! ¡Es la canción que le dedica Santos a su prima Alicia! —Se hizo un silencio y yo me quedé paralizada mientras todos me miraban.

—*¿Pero no me habías dicho que Santos no estaba?* —pregunté, enojada, a mi pareja.

—*Eso es lo que dijo su madre* —contestó él, nervioso.

—¡*Pues mira qué gracia, está ahí!*

Flor de cuneta I

Al verlo me dio un vuelco el corazón; pensé inmediatamente en lo guapo que estaba; y que la chica con la que iba, alta y rubia, era preciosa; nada que ver conmigo. Se acercó a mí y me dijo, ofreciéndome su mano:

—*¿Me concedes el baile que te he dedicado? Fíjate en la letra, la cantarás muchas veces.*

La cara de mi pareja era un poema y apartándome poco a poco de él, me fui acercando a los brazos de mi primo mientras la canción empezaba a sonar:

> Quítate la caretita
> para mirarnos frente a frente,
> que el momento ha llegado
> de decirnos la verdad.
> Tú con uno y yo con otra
> y a vivir tranquilamente,
> que la vida aunque no quieras
> siempre ha sido un carnaval.
> Me quisiste y yo te quise.
> Me olvidaste y te olvidé.
> No vale ponerse triste
> ni por cuánto, ni por qué.
> Que sí, que sí que te quería.
> Que no, que no era un papel
> que yo te hacía,
> pero mira qué penita y qué dolor,
> que ya nuestro cariño terminó.
> Qué le vamos a hacer
> si no vale discutir.
> Las cositas del querer, son así.

¡Dios mío, qué guapo estaba! ¡Y pensar que lo había despreciado tanto! En ese momento me di cuenta de que le quería, pero ahora él tenía novia y la canción sonaba a despedida. Cuando cesó la música, una lágrima se deslizó por mis mejillas sin que yo pudiera evitarlo.

—*¿Por qué lloran tus ojos?* —me susurró.

—*Una arena imprudente.*

—*No lo creo* —dijo mirándome con sus ojos maravillosos.

—*Haces muy bien en no creer.*

—*Dime por qué tus ojos están llorando. ¿Quizás me quieres y no eres capaz de reconocerlo?*

—*Mejor hacer lo que dice la canción, tú con una y yo con otro.*

Entonces me abrazó fuerte y exclamó:

—*Alicia, te sigo queriendo como el primer día, tú eres para mí la mujer de mi vida. ¡Espera, no te vayas! ¡Nos casaremos! Seguiré estudiando con más ilusión porque me esperas tú.*

Todos esperaban asombrados el desenlace y antes de que me diera cuenta estábamos cogidos de la mano y empezamos a correr lejos de allí, sin importarnos lo que dejábamos atrás. Le dije que había ido a la romería pensando que él no estaría, porque su madre así lo había asegurado. Él me aclaró que de camino al campamento, su autobús se estropeó y entonces decidió ir a la romería de su pueblo, confesando que al verme sintió que su corazón latía con más fuerza y que yo tenía una luz que le retenía, pero como había sido tan desagradable con él, no se atrevía a decirme nada.

Al llegar a Congosto vimos a mi madre de frente, con el delantal entre las manos donde guardaba con cuidado una docena de huevos. Cuando nos vio cogidos de la mano y sonriendo, soltó el delantal para llevarse las manos a la cabeza y todos los huevos acabaron rotos en el suelo.

—*Alicia, ¿dónde está tu pareja?* —preguntó.

Entonces le expliqué lo sucedido y terminé diciéndole que Santos y yo nos íbamos a casar.

—*¡Dios mío! ¿Tú sabes lo que estás diciendo? Si él aún no ha terminado su carrera y tú no sabes hacer ni un huevo frito.*

—*Ya aprenderé, mamá. Nos vamos a Oviedo, pero primero nos casaremos aquí.*

—*¡Virgen Santísima, la que ha armado mi hija!* —exclamó.

Santos y yo teníamos claro que casarnos era el sueño de nuestra vida, así que fuimos a Ponferrada a encargar los trajes para la boda. Acudí a una boutique que se llamaba Chelo, la mejor de la ciudad. Mi vestido era blanco transparente y debajo iba cubierto con una tela en rosa fuerte, haciendo un bonito contraste. También llevaba una preciosa pamela blanca con el fondo rosa, a juego con el traje. Santos me veía muy guapa y según él, parecía vestida de primera comunión. El mismo día que terminaron los trajes nos los llevamos a casa. Todas las tardes, durante las dos semanas previas a nuestro enlace, nos vestíamos de novios y, cogidos de la mano, dábamos largos paseos a la vez que cantábamos y reíamos. No dejaba de recordar a mis abuelos, a la Mimosa, a mi perrito León y a la loba, pero en aquel momento sentía que todos esos recuerdos no eran capaces de impedir mi felicidad, sino que, al contrario, formaban parte de ella.

Por fin llegó el día de la boda. Nos casamos en la iglesia de Congosto. En el altar, en lugar de permanecer atentos a lo que decía el sacerdote, no hacíamos más que reírnos y mirarnos constantemente. Pasamos el día cantando y bailando; no solo los asistentes a la boda, sino todo el pueblo. Ya eran las siete de la mañana cuando los invitados se fueron retirando a sus casas.

—*Nos han dejado solos, como en la canción estamos frente a frente* —me dijo mi marido, sonriendo—. *Nos vamos a la cama, ¿no?*

—*¡Bueno, vamos!* —contesté.

Me fui a poner el camisón, que me cubría hasta los pies. Tenía un volante que me tapaba el cuello, y de las mangas salía otro volante que hacía lo propio hasta la mitad de las manos. Era mi noche de boda y yo seguía igual de inocente.

Cuando Santos me dijo que íbamos a hacer el amor, yo no sabía a qué se refería, así que me lo tuvo que explicar.

—*¡Eso sí que es un pecado mortal! Yo no me quito el camisón.*

—*Bueno, pues con el camisón* —dijo, muerto de risa.

—*No, eso no lo va a perdonar Dios. ¡Esto yo no lo sabía!*

Esa noche fue para mí desagradable e impactante. Al día siguiente, después de levantarnos y ducharnos, nos fuimos al comedor, y yo me sentía incapaz de mirar a mi marido a los ojos, de la vergüenza que me daba. Me impresionó tanto todo lo ocurrido que durante varios días dejé de cantar y de ser la Alicia alegre y charlatana de siempre.

Al mes de casarnos, Santos se fue a Oviedo a seguir estudiando su carrera. Todas las semanas me llegaban dos o tres cartas suyas. Era un estudiante muy querido por los profesores, gracias a su brillantez y atrevimiento. Con frecuencia no estaba de acuerdo con la exposición de algún profesor o incluso les corregía durante la clase, pero siempre lo hacía con buen criterio y con educación. A pesar de poner a muchos profesores en aprietos, la mayoría terminaba por tenerle cariño y admiración.

Una mañana, cuando iba con mis amigas a misa, me dio un mareo y me caí al suelo. Me recogieron y me llevaron a ver a don Leopoldo, el médico del pueblo. Me dijo que no tenía importancia alguna, y que quizás estaba embarazada. Cuando me lo confirmó, le pregunté inocentemente:

—*Pero ¿por qué me he quedado embarazada?*

Ante la noticia de mi embarazo me quedé de piedra. Enseguida escribí a Santos para contárselo, y en cuanto leyó mi carta vino a verme. Estaba tan ilusionado que no tuvo paciencia para esperar a que el tren llegase a la estación y, justo donde empieza el camino que lleva a Congosto, se tiró en marcha. Cuando llegó a casa tenía toda la cara magullada y ensangrentada, sobre todo en la ceja derecha, donde tuvieron que darle tres puntos de sutura. Lo curé con mucho cariño y le di gracias a Dios por no haberse matado.

Santos pasó conmigo una semana. Todos los días íbamos de paseo al campo cogidos de la mano. Los prados estaban radiantes, iluminados por la cantidad de flores amarillas y amapolas que bailaban sin cesar con el viento suave que las acariciaba. Santos me decía que le cantara de nuevo «Frente a frente»; yo se la repetía una y otra vez. Los dos nos sentíamos muy felices, pero los días transcurrieron con rapidez y llegó la hora de que Santos regresara a Oviedo para terminar la carrera.

Y por fin nació nuestra primera hija, Margarita. Santos volvió de Oviedo unos días antes y, llenos amor y emoción, esperamos el feliz acontecimiento. Estuve tres días dilatando, con unos dolores tan fuertes que aún los recuerdo. Pero cuando vi salir a mi niña me puse de pie y salté de la cama. Margarita nació el 18 de agosto de 1952.

—*¡Dios mío, si es una muñequita!* —exclamé.

La bañé, la peiné y la vestí como a una muñeca.

Mi madre, a la que siempre recordaba triste, empezó desde ese día a ser maravillosa y alegre. No hacía más que darnos besos a la niña y a mí. Todos los días escribía a mi marido; le contaba las maravillas de nuestra hija querida y lo animaba en sus estudios.

El día de los Santos Inocentes, Santos vino de Oviedo y preparó una broma con los amigos de su pandilla. Primero fueron a un pajar del pueblo, cogieron toda la paja y la guardaron en un caserón que había ardido hacía tiempo. Después fueron a otra casa y se hicieron de una soga muy grande, subieron al campanario de la iglesia y ataron las dos campanas para hacerlas sonar desde lejos sin que nadie los viera. Entonces prendieron la paja que habían reunido y desde su escondite tocaron las campanas, avisando del fuego. El pueblo era de secano y había poca agua, por lo que el fuego era algo espantoso y muy temido. Todos los vecinos, incluida yo, hicimos cola para llenar los calderos en la única fuente que había, intentando sofocar el incendio.

Las llamas se fueron controlando, pero las campanas no paraban de sonar. La gente mayor creyó que eran las almas del Purgatorio y repetían una y otra vez que había que rezar para que parasen. Mi marido y su pandilla habían puesto también en la oscuridad del campanario una calabaza en forma de calavera, con una vela encendida dentro. Algunos jóvenes se ofrecieron a subir para ver si había alguien tocando las campanas. Los escalones estaban muy deteriorados, por lo que había que tener mucho cuidado. Subieron nueve jóvenes y alguna vieja, de esas a las que les gusta saber de todo. Al llegar al campanario se encontraron que las campanas estaban tocando solas, y cuando vieron la calabaza iluminada, junto con las luces y sombras que proyectaba, bajaron corriendo, tropezando unos con otros, como si los persiguiera el mismo diablo. Al final acabaron todos maltrechos y con la cara descompuesta del susto.

Ya no sabían qué hacer, y las campanas seguían sonando. Finalmente los vecinos se reunieron y decidieron esperar a que amaneciera para subir nuevamente al campanario y ver lo que pasaba. Y así fue: cuando volvieron arriba vieron el montaje y descubrieron quiénes habían sido. Casi todo el pueblo empezó a buscarlos y a correr detrás de ellos para darles su merecido, pero no llegaron a alcanzarles y todo quedó en un gran susto.

Flor de cuneta I

Cuando Margarita tenía justo un añito, yo ya esperaba mi segundo hijo. Pero para mí era todo distinto, tenía experiencia y me sentía mujer y madre. Mi segunda preciosa niña llegó al mundo el 30 de diciembre de 1953, y la llamamos Teresa del Niño Jesús. Al igual que Margarita, fue luz y alegría para todos nosotros.

Dos años más tarde, el 21 de noviembre de 1955, nació nuestro querido hijo Raúl. Ese día había caído una nevada muy grande, y todo el paisaje lucía de blanco. Mi hermano y mi marido querían poner a mi hijo recién nacido desnudo sobre la nieve, porque decían que así saldría más fuerte, pero yo se lo impedí. El día que lo bautizamos le cantaron una canción que me quedó grabada y a partir de entonces, todos los días se la tarareaba a mis hijos para que se durmieran:

Campanitas de la aldea
que llamáis al amor mío,
no toquéis hoy tan temprano
que hace frío, mucho frío,
que está nevando en la aldea
que Raúl ya está dormido.
No quiero que despierte
porque está soñando conmigo.
Guarda silencio, campana,
mientras Raúl duerme,
que no quiero darle un beso,
para que no despierte.
Calladas están las fuentes,
dormidos los surtidores
y hasta que el sol no sonría
llorando estarán las flores.

Flor de cuneta I

Guarda silencio campana,
mientras Raúl duerme,
que no quiero darle un beso
para que no se despierte.

Capítulo 5

Una nueva vida en el sur

Santos terminó la carrera con Matrícula de Honor, aprobando incluso dos cursos por año. Después preparó oposiciones para profesor universitario y consiguió la plaza número uno al obtener la mejor calificación. Pidió como destino Sevilla, convirtiéndose en el profesor más joven de la Universidad Laboral.

En la capital andaluza nacieron el resto de nuestros hijos: Esperanza, el 7 de julio de 1957; Jesús, el 28 de febrero de 1963 y los mellizos Alicia y Titos, el 19 de septiembre de 1964.

En Sevilla vivíamos en los pisos de La Estrella, que nos pagaba la Universidad. Un día organizamos una reunión en casa e invitamos a todo nuestro grupo más cercano, seríamos unos quince entre profesores de la Universidad y amigos del Corpus. Todo marchaba perfectamente, unos bailaban, otros contaban chistes y reían...Yo estaba muy contenta por como transcurría la velada, pero a eso de las dos de la madrugada reparé en que Santos no estaba en el salón. Fui a buscarlo a la cocina y vi que estaba preparando unos canapés de forma muy esmerada. Cuando todos tomaban su copita y estaban relajados charlando, él llegó luciendo un delantal blanco y portando una bandeja llena de panecillos. Nos explicó que los había untado con un paté especial que le habían regalado y que nadie en España lo había probado aún. Una amiga comentó lo atento que era mi marido por ofrecer esos aperitivos.

Santos comió el primero, y seguidamente me ofreció otro para que lo probara, para después repartir los demás entre el resto de invitados. Todos, muy educadamente, cogieron su trocito e incluso repitieron, diciendo que realmente era especial y que provocaba como un "picorcillo" en la garganta. De repente, un cura de los allí presentes dijo que sentía náuseas. Ese fue el principio. A todos les dolía el estómago y querían vomitar, pero solo había dos baños así que la mayoría lo hicieron en el salón. Santos argumentó que el paté era muy fuerte y que lo que pasaba era que no estábamos acostumbrados. Pero la verdad era que, sin que nadie se percatara, había preparado los canapés con jabón verde de fregar, poniendo un poquito de paté por encima para disimularlo; se cuidó muy mucho, eso sí, de que el suyo y el mío fueran normales.

Santos empezó a reírse de forma escandalosa e incontrolada, y todos entendieron al momento que era una de sus bromas pesadas. Nuestros amigos ya sabían cómo se las gastaba mi marido y se pusieron de acuerdo para darle un escarmiento, pasándole por la cara lo que habían vomitado. Pero él, en vez de correr por la casa, salió huyendo y cogió el ascensor. Como este se podía parar desde fuera, lo tuvimos media hora bajando y subiendo hasta que sentimos que vomitaba.

Todos celebramos haberle dado su merecido, pero al poco tiempo nos dio pena y decidimos parar y abrirle la puerta del ascensor. Nos quedamos de piedra cuando vimos que la persona que estaba dentro no era Santos, sino un profesor que había cogido el ascensor que mi marido había dejado apresuradamente. El señor estaba amarillo, y el ascensor todo vomitado. Le pedimos perdón mil veces, y le conté lo sucedido con la broma de Santos; pero él solo repetía:

—*¡Dios mío, lo que me ha pasado!* —Le ofrecí entrar en casa, pero declinó la invitación. Me presenté como la señora de Santos, un nuevo profesor que había entrado hacía poco en la universidad.

—*¿Y esto lo suelen hacer todos los días?*

Volví a disculparme, afirmé que éramos unas personas normales y aclaré que se trataba de una broma y que no volvería a ocurrir más.

—*Claro, ahora comprendo por qué dejó su marido el ascensor tan apresuradamente.*

Después, poco a poco los ánimos se fueron calmando y finalmente todo quedó como siempre, en una broma pesada del incorregible Santos.

Los tiempos no eran fáciles, y siete hijos constituían una servidumbre exigente. Santos no paraba de trabajar y su tiempo se consumía vertiginosamente: compaginaba sus clases en la universidad con la dirección comercial de la inmobiliaria Sairum, y con otros cargos públicos de cierta relevancia, además de varias actividades de índole religiosa, como los cursillos de cristiandad, y otras benéficas de ayuda contra la pobreza y la exclusión social. Santos llegaba exhausto a casa todos los días, y muchas veces yo misma tenía que darle de comer mientras seguía hablando por teléfono. Mientras tanto, yo me complacía dando a mis hijos todo lo que querían.

Cuando iba recoger a mi hijo Raúl al colegio pasábamos por un comercio de motos y siempre se quedaba mirando una chiquitita de color azul.

—*Mira, mamá, qué moto más bonita* —decía.

—*¿Raúl, tú la quieres?*

—*¡Sí, mamá, sí, mamá! ¿Tú puedes?*

—*Sí, sí. Yo te la compro.*

—*¿Y papá?*

—*No te preocupes, Raúl, yo me encargo de decírselo a papá.*

En las compras diarias le pedía más dinero a Santos para quedarme con parte y, finalmente, con esos ahorros y a plazos le compré a mi hijo Raúl su primera moto, cuando tenía apenas doce años.

Santos llegaba todos los días muy tarde de trabajar. Yo le recibía siempre con un beso y le tenía preparado el baño y la cena, para aliviar su cansancio y sus preocupaciones. En una de esas noches le conté que había conseguido una oferta buenísima para la compra de una moto a nuestro hijo Raúl. Santos no tenía fuerzas para enfadarse ni replicar, así que asintió con un silencio prolongado y después de cenar se acostó. Así quedó aprobada la compra de la moto.

Todas las tardes iba con los niños a la Plaza de España, y Raúl no se separaba de su moto. Desde el principio me di cuenta de que le gustaba el riesgo, porque en vez de pasear por el amplio espacio que nos rodeaba, se empeñaba en dar vueltas por encima del bordillo de la fuente hasta que se precipitaba dentro, evitando en el último momento que la moto callera al agua.

—*¡Mami, mira qué mojado estoy!* —gritaba, tan contento.

—*Quítate los pantalones y los calzoncillos y nos vamos a casa.* —le dije muy enfadada un día.

—*Mami, ¿cómo voy a ir desnudo por la calle? Quítate tú la chaqueta y me tapo.*

—*No, así desnudo. ¡Venga, vamos!* —Raúl empezó a llorar y al final lo tapamos con mi chaqueta.

A partir de ese día siempre llevaba en mi bolsa una muda completa, porque sabía que se caería otra vez.

A primeros del mes de diciembre de 1964, Santos recibió una singular llamada telefónica desde Jerez de la Frontera, donde había sido rector de varios cursillos de Cristiandad en el colegio El Pilar.

Le llamaba César Pemán, un joven y prestigioso ingeniero de Jerez con quien Santos ya había coincidido en más de una ocasión y del que guardaba muy buen recuerdo. Este le explicó el motivo de su llamada y le resumió el problema que tenía entre manos: se trataba de un triste y dramático asunto familiar en el que las incomprensiones y la animadversión habían llevado a un hijo, ya mayor de edad, a disparar varias veces contra su propio padre, ya jubilado. Al parecer, los protagonistas de tan doloroso episodio se habían avenido a plantear sus respectivas posiciones a una especie de árbitro, a condición de que no fuera ni abogado en ejercicio, ni clérigo, y que no residiese en Jerez. Ambas partes se comprometían, al parecer, a someterse a las condiciones que impusiera el árbitro elegido. El señor Pemán llamaba a Santos precisamente para ofrecerle esa responsabilidad.

El primer impulso de mi marido fue rechazar aquella propuesta y quitarse de encima aquella tragedia familiar, para cuya solución tampoco se veía preparado, con poco más de 30 años y sin experiencia en ese tipo de actuaciones. Pero César terminó convenciéndolo y concertó la entrevista en su despacho de las Escuelas Parroquiales para la mañana del sábado siguiente.

En primer lugar, Santos se encontró con los padres, una pareja mayor y un tanto vencida por la vida y sus circunstancias. Él había sido un alto ejecutivo de una de las bodegas más importantes de Jerez y tenía problemas con el alcohol; sus continuos viajes le habían mantenido ausente del hogar de forma casi permanente. Su esposa, de ojos tristes, era una madre rota entre las incomprensiones del padre y los odios viscerales del hijo; pese a todo, ni el tiempo, ni la soledad, ni la vivencia de aquella dolorosa tragedia habían logrado destruir su elegancia y su belleza.

El hijo, a quien conoció más adelante, era un fruto natural de las circunstancias familiares y una víctima del ambiente social en el que se movía. Se le podía calificar como «un señorito de Jerez», carente de voluntad y del mínimo espíritu de sacrificio; solamente tenía ojos para verse a sí mismo. El odio visceral que experimentaba hacia su padre le hizo superar todos los límites de la normalidad. Vivía obsesionado con la idea de que su progenitor era la encarnación del egoísmo y de la soberbia y el único culpable de que su vida y su casa fueran un infierno.

Aunque contaba con la misma edad que Santos, ese joven era ya un viejo prematuro y temblón, perjudicado por el excesivo consumo de güisqui, los porros y el buen vino de Jerez. En definitiva, era una víctima más, demasiado frecuente en aquellos años, de un ambiente social insustancial y de una familia rota por el egoísmo de los círculos elegantes.

Estaba muy claro para Santos que tanto el padre como el hijo eran, por encima de todo, dos enfermos, y que el único punto de apoyo para ambos precisamente lo constituía la principal víctima de aquella situación: su madre y esposa. La edad del padre no parecía la más oportuna para una cura de desintoxicación, pero sí supo ganarse su apoyo y colaboración para lograr que su hijo la realizase urgentemente en Madrid.

Le costó un gran esfuerzo y varias reuniones convencer al hijo para que se sometiera a una cura de desintoxicación, porque, para este, el único enfermo de verdad era su padre. Finalmente, después de una semana desde la última entrevista, ya se encontraba en la capital de España, interno en uno de los mejores centros del país, finalizando así la intermediación de Santos.

Ya en la víspera de Navidad, Santos recibió dos hermosas y consoladoras cartas donde padres e hijo le expresaban la enorme gratitud que sentían por el resultado de su decisiva intervención; las misivas venían acompañadas además de dos docenas de botellas de los más prestigiosos productos de la empresa bodeguera González Byass.

Capítulo 6

Una llamada inesperada

Poco después de este episodio, el 5 de enero de 1965, que era para los pequeños la víspera gozosa de su gran día de Reyes, Santos fue a trabajar a su despacho mientras yo preparaba a nuestros siete hijos para disfrutar de la espléndida cabalgata de Sevilla. Serían aproximadamente las cinco de la tarde cuando mi marido recibió una llamada telefónica de un tal Carlos González, de Jerez de la Frontera, que le resultaba totalmente desconocido. La conversación fue muy poco explícita, y el interlocutor no dejaba de recalcar la urgencia de entrevistarse con él, insistiendo en que era para un *«asunto importante para usted y muy urgente para nosotros»*. Santos le comentó que había prometido a sus hijos llevarlos a la cabalgata de Reyes, para la que faltaban muy pocas horas, pero el señor González le aseguró que serían muy breves. Santos accedió finalmente a esa entrevista y hora y media después ya estaban tocando a la puerta de su despacho. Ese fue el primer encuentro de Santos con Mauricio y Carlos González.

Ambos caballeros le confesaron que eran primos y que dirigían en Jerez la empresa vinatera González Byass. Le contaron que el Consejo de Administración había decidido designar un Director General ajeno a las dos familias propietarias, y que deseaban poder proponerle como candidato para tan relevante cargo. La sorpresa de Santos fue mayúscula:

—*Pero, si ni ustedes me conocen ni yo tengo idea de las actividades de su empresa... ¿Cómo pueden hacerme tal ofrecimiento?*

—*Las referencias que tenemos de usted son realmente extraordinarias y las hemos contrastado con personas que le conocen bien. Lo que nos importa es la persona, su honestidad, su capacidad de dirección y de liderazgo. Las características singulares de nuestro negocio, tenemos la seguridad de que las dominará usted muy pronto* —le contestó uno de ellos.

—*Como usted tiene mucha prisa y no queremos privar a sus hijos de la cabalgata de Reyes, díganos ahora que sí y ya le llamaremos nosotros para la entrevista con el Consejo de Madrid* —propuso el otro hermano.

—*Comprendan ustedes que me piden un imposible* —contestó Santos—. *Yo tengo mi vida hecha en Sevilla y no puedo arrojarla irresponsablemente por la ventana para correr una aventura que podrá ser muy apasionante y sugestiva, pero también implica unos riesgos muy importantes.* —Hizo una pausa y prosiguió—: *Miren ustedes, mañana, día de Reyes, voy con unos amigos al parque de Doñana. Allí estaré en contacto con la naturaleza y en uno de los entornos más bellos de España, y es donde pienso tomar mi decisión. Llámenme a partir de las nueve y les daré mi contestación definitiva.* —Y así se despidieron.

Cuando volvieron a llamar aquellos caballeros de Jerez, Santos les respondió afirmativamente a su propuesta. Dos días más tarde se reuniría con el viejo Consejo de Administración de González Byass en el hotel Wellington de Madrid.

Allí se encontraban el Marqués de Torresoto de Briviesca, los hermanos Hawkings Byass, Manuel González-Díaz y Carlos y Mauricio González, entre otros. La edad media de aquel "senado" era superior a los sesenta años, mientras que Santos no llegaba a los treinta y cinco.

Carlos González lo acompañó hasta el ascensor del hotel y, antes de entrar, le aconsejó que disimulase su juventud y que fuese lo más prudente posible dada la edad de quienes debían tomar la decisión. Santos, en cambio, se había propuesto ser totalmente sincero y directo. De esta forma, dijo que su padre había fallecido formando parte de una bandera de la Falange y que había podido terminar su carrera universitaria gracias a una beca del Frente de Juventudes.

Allí mismo se enteró de que González Byass no era una empresa española, sino inglesa, cuyo domicilio social estaba en Londres. Le preguntaron si hablaba inglés, ya que los Consejos se celebraban en ese idioma. Les respondió negativamente y añadió que solo dominaba el francés, idioma que había elegido por su antipatía histórica hacia Inglaterra y Estados Unidos. Pero les aseguró que, en cualquier caso, si se lo proponía, podría defenderse en esa lengua en menos de seis meses.

También le interrogaron sobre sus conocimientos vinícolas. Les contestó que su único contacto con ese mundo era que su abuelo había sido unos de los primeros exportadores de alcoholes y aguardientes a Estados Unidos, y que su experiencia con el vino de Jerez se limitaba al hecho de que quince días antes, en Navidad, le habían regalado una caja de González Byass.

Los ingleses quisieron indagar sobre sus ideas y convicciones políticas. Él les explicó que se sentía "joseantoniano" por tradición, por gratitud y por lealtad, y que, en aquellos momentos, era delegado laboral y Jefe Provincial de Formación Política del Frente de Juventudes, además de Vicesecretario de Ordenación Económica.

Las caras de sorpresa de los ingleses, y sobre todo de Carlos y Mauricio, eran todo un poema. Finalmente, se interesaron por sus creencias religiosas. Santos les afirmó que era católico practicante y que se había formado con los Padres Paúles y en los Agustinos. La entrevista, para aquellos venerables caballeros, fue sorpresiva y desconcertante. Al finalizar, Carlos González lo acompañó hasta el ascensor con gesto contrariado y comenzó a justificar una posible decisión negativa, que para él parecía ser muy clara.

—*Hombre, don Santos, ha hecho usted casi lo contrario de lo que le habíamos aconsejado Mauricio y yo. Para ellos es usted demasiado joven y...*

—*No se preocupe usted, don Carlos* —interrumpió Santos—. *Pongámonos en manos de la Providencia y que sea lo que Dios quiera. A usted y a Mauricio deseo agradecerles, de verdad, que hayan defendido mi candidatura. En cualquier caso ya tienen ustedes un nuevo amigo.*

Santos consideraba lógica su decepción. No era normal hablar de José Antonio Primo de Rivera y del Frente de Juventudes a dos ingleses que poseían el 45 por ciento de las acciones de González Byass. Tampoco era oportuno declararse católico practicante ante unos protestantes convencidos, y menos aún afirmar que desconocía la lengua inglesa por antipatía histórica ante un pleno con propietarios de esa nacionalidad.

No parecía, finalmente, muy acertado hacer gala de una juventud casi intemperante ante un Consejo de tan avanzada edad, y no era por tanto extraño que el pesimismo se hubiera apoderado de quienes le habían propuesto como futuro Director General de González Byass.

Santos regresó ese mismo día a Sevilla, y su sorpresa fue mayúscula cuando, a la mañana siguiente, le llamó Carlos

González para comunicarle que había sido elegido por el Consejo entre una serie de personas de alta cualificación profesional y empresarial que aspiraban también al puesto. Carlos y Mauricio le comentarían luego su sorpresa al comprobar que la decisión a su favor había sido prácticamente unánime. También le hicieron saber que a la siguiente semana esperaban su incorporación en Jerez para hacerse cargo de la dirección de González Byass. Ese fue el momento en el que Santos se sintió aplastado por la presión de un paso tan decisivo en su vida.

Y así, el 11 de enero de 1965, comenzó una de las aventuras más duras, complejas, apasionantes de su vida.

En uno de sus escritos decía:

¡Qué displicentemente compleja era la convivencia de aquel Jerez de los años 70!

¡Qué falta de sinceridad y qué recelosas actitudes en la mayoría de los ejecutivos!

¡Qué tremenda hipocresía se asomaba en actitudes aparentemente generosas y desinteresadas!

¡Qué odios más refinados se enredaban en la maraña de tantos intereses aparentemente comunes!

¡Qué juegos más miserables y sucios se jugaban en las mesas de tantos órganos colegiados!

¡Qué avispero de ancestrales odios y diferencias anidaba en los troncos de viejas familias!

¡Qué pequeños resultaban algunos hombres socialmente importantes y presuntuosos!

¡Qué sabios y prudentes fueron los consejos que al despedirme me dio el caballero sevillano Pablo Atienza, marqués de Paradas!: «Querido Santos, tengo en Jerez muchos y muy buenos amigos, pero voy a darle un consejo que no debiera olvidar: no confunda nunca su amabilidad con su sinceridad, ni su buena educación con la amistad; y, sobre todo, no se comprometa socialmente con quienes viva empresarialmente».

Y nunca agradeceré bastante a Pablo Atienza y a Jaime Medina la dimensión de su afecto al aconsejarme tan sinceramente, porque a los tres meses escasos de tomar posesión de mi nuevo cargo estoy sumido en una de las fases más complejas y sorprendentes de mi vida.

Así finalizaba su reflexión.

Aun así, y después de muchos esfuerzos, Santos consiguió acabar con las luchas internas entre los González y los Byass. Fue un tiempo plagado de dudas, zozobras, intensas batallas y cabildos entre ambas familias.

Santos trabajó de forma incansable hasta conseguir delimitar perfectamente las funciones y responsabilidades de cada uno de los miembros de las familias propietarias y dirigentes, hasta el punto de dejar bien claro que cualquier deslealtad de los propios dueños hacia la empresa sería duramente sancionada. Estas medidas casi supusieron su cese; incluso, él mismo estaba dispuesto a dimitir si no se cumplían sus exigencias. Al final consiguió el acuerdo unánime de todos los propietarios y pudo dirigir la empresa a su manera y con plenas facultades.

Un año después, las bodegas González Byass habían mudado la piel. La eficacia del negocio había aumentado considerablemente, los objetivos y los beneficios se superaban sucesivamente año tras año, tanto en España como en el extranjero y un plantel extraordinario de nuevos agentes e inspectores de ventas mantenían la ilusión y el espíritu de superación de cada una de las redes vendedoras. Santos consiguió dirigir y motivar a un equipo de personas eficaces e ilusionadas, formado no solo por ejecutivos, sino también por los trabajadores de cada una de las ramas de la empresa. Gracias a todos ellos, González Byass salió de un prolongado letargo y de una situación crítica y caótica, para transformarse en la empresa líder del sector.

La expansión llegó a sectores distintos a los clásicos, diversificando riesgos y aumentando beneficios. Crearon empresas constructoras, compraron René Barbier, elaboraron cava en Cataluña, realizaron una seria y trascendente investigación enológica y efectuaron ensayos de las más modernas viticulturas, tanto en Jerez como en el norte de España. La empresa llegó a controlar casi el 80 por ciento de todos los alcoholes producidos en el país.

Además, después de comprar la alcoholera de Chinchón, la transformaron en la más moderna empresa de anises, ginebras y otros licores. Consiguieron también establecerse en México con rotundo éxito, cambiando totalmente la filosofía de representación en todo el mundo y llegando hasta la propia Rusia. Ante los éxitos obtenidos, a Santos no le resultaba difícil conseguir del Consejo, cada ejercicio, un importante porcentaje sobre los beneficios, que a su vez repartía generosamente tanto con el equipo ejecutivo como con el resto de los trabajadores.

Capítulo 7

Un cuento de hadas

Durante esta etapa de mi vida solo veía felicidad, todo eran alegrías y éxitos. La empresa decidió que viviéramos con toda clase de comodidades en una casa-castillo de la calle Manuel María González, en Jerez de la Frontera. La vivienda estaba muy cerca de la bodega y frente a la Catedral de la ciudad. Al mismo tiempo, nos proporcionó varios chóferes, un amplio personal de servicio doméstico y una niñera para nuestros hijos, todo a cargo de la empresa.

Flor de cuneta I

La casa-castillo era singular; estuve viviendo en ella más de seis años, pero nunca llegué a conocerla entera. Nada más entrar había una inmensa escalera de caracol de mármol que conducía a los pisos superiores. En la planta baja había una habitación con una enorme caldera de carbón que calentaba toda la casa; tanto la caldera como las paredes eran negras, e impresionaba su aspecto y el ruido siniestro que producía. Al fondo de esa habitación encontrabas una puerta que daba a un pequeño patio desde el que se accedía a unos amplios jardines, a la cochera y finalmente a una bodega de grandes dimensiones. En la misma planta estaba el salón de celebraciones, que solo se utilizaba para grandes ocasiones; el despacho de Santos y una habitación de juegos donde había una antigua mesa de billar bastante deteriorada.

La planta alta la cruzaba un largo y estrecho pasillo. Lo primero que encontrabas al subir la escalera era un recibidor y a su derecha un amplio salón que hacía de biblioteca. En el ala izquierda, en primer lugar, estaba el salón-comedor principal. Un poco más adelante había una puerta de azulejos de cristal que casi siempre se encontraba abierta y que daba acceso a la sala de estar más familiar de la casa, donde normalmente comíamos y veíamos la televisión antes de acostarnos. Al fondo de esta sala había una puerta que conducía al lavadero y a la sala de plancha. Contiguo a esa sala de estar, un pequeño espacio daba acceso a un patio y a la azotea, y finalmente se encontraba la cocina. En ese lugar, entre el acceso al patio y la cocina se hallaba colgado en la pared el teléfono de la casa, de color negro intenso y con la esfera transparente. Introducías el dedo en el número que querías marcar, lo arrastrabas hasta el tope y entonces soltabas y la esfera volvía a su posición inicial. Todavía recuerdo el sonido tintineante que emitía y el ritmo armonioso de su esfera. Parecía una caja de música con su bailarina en movimiento, regalándote y dedicándote su melodía con cada giro.

Al cruzar la puerta que daba acceso al patio había a la izquierda una habitación siniestra, cuyas dimensiones nunca llegamos a conocer; estaba llena de muebles y objetos antiguos. En una ocasión, mi hijo Jesús decidió explorarla con un amigo para ver hasta dónde llegaba y los tesoros que escondía. Se metió como pudo entre todos los objetos y muebles viejos llenos de polvo y telarañas. No habría avanzado ni treinta metros cuando vio de frente, a escasa distancia, una figura humana vestida con ropa antigua, oscura y polvorienta, y con un amplio abrigo gris con capucha que le cubría la cabeza y le ensombrecía la cara. Jesús se quedó de piedra y permaneció inmóvil observándolo durante unos segundos, hasta que, asustado, empezó a retroceder lo más rápido que pudo. No volvió a entrar en esa habitación nunca más, y aún hoy algunas veces me habla de esa imagen y cómo la recuerda con detalle.

A la derecha de esta habitación misteriosa había una escalera de hierro en forma de caracol que daba a una gran azotea y a la parte más alta de la casa. Desde allí podías disfrutar de una vista impresionante de la parte más escondida de la Catedral de Jerez. Era sobrecogedor observar al atardecer sus figuras de piedra y barro que parecían vigilar el entorno, mientras el silencio y el sonido hueco de los pájaros que revoleteaban la catedral envolvían de misterio y belleza esos momentos.

A medio camino del ala derecha de la planta alta se encontraba la habitación de Santos y mía. Casi enfrente había un cuarto de baño muy grande que utilizaban todos mis hijos y, junto a este, la habitación de mi hijo Raúl.

Al final del todo, el pasillo giraba a la derecha, y comenzaba entonces otro corredor estrecho y muy largo, más que el anterior, tanto que al mirar hacia el fondo parecía que las líneas se juntaban. Solo tenía habitaciones a la derecha, mientras que el lado izquierdo lo recorrían amplios ventanales.

Todos tenían su propia habitación excepto Jesús y Titos que la compartían. El pasillo se cortaba finalmente por una inmensa sala de estudios, con una mesa pegada a la pared que medía más de diez metros, y una gran pizarra al fondo. Había también en esa sala una puerta que daba a una última habitación, que apenas se utilizaba y que se podía ver desde el principio del pasillo, lo que también le otorgaba un cierto aire de misterio.

Por entonces, los niños ya tenían una niñera que ayudaba a acostarlos y a levantarlos todos los días. Yo seguía en mi mundo feliz, lleno de flores y alegría. Solo me quedaba la tarea de dar a mi familia lo que nunca les faltó: mi amor y mis canciones.

Sin embargo, no era consciente de que vivía en mi mundo y de que no era capaz de ver la realidad de cada uno de ellos. Creía que todo era maravilloso, pero... ¿Cómo era la relación con mis hijos? ¿Cómo les estaba preparando para el futuro? Hacía lo único que sabía; proporcionarles mi amor incondicional.

Cuando ahora hablo con mi hijo Jesús, me sorprendo cuando me cuenta que lo pasó muy mal mientras vivíamos allí. Tenía todas las noches unas pesadillas terribles y muchas veces no podía dormir por los ruidos que generaba la casa. Lo que para mí era un hogar lleno de felicidad y alegría, para mi hijo representaba un lugar habitado por demonios y fantasmas.

La vida me parecía un cuento de hadas y todo lo que me rodeaba era motivo de alegría, salvo por una cosa: Santos empezó a ausentarse cada vez más de casa. Su trabajo le absorbía y le agotaba, y yo cada vez era más consciente de cómo mis hijos también le echaban en falta. Jesús, con diez años, incluso le escribió a su padre una nota que decía:

Papá, me gustaría que fueras chófer, así te veríamos más, nos llevarías al colegio... ¡Qué me importa a mí que seas tan importante si no te veo!

Sus viajes llegaban a durar entre quince días y un mes. Cuando regresaba se iba a la bodega; desde allí me llamaba él o su secretario para avisar de que había llegado y de que no vendría a comer, y había días que no lo veía aunque estuviera en la bodega.

Estaba tan acostumbrada a que Santos no estuviera, que cuando estaba, sin querer, pasaba de él y me iba con mis amigas o mis hijas a montar a caballo. A veces, la cocinera me informaba de que venía a comer pero después no lo hacía, y volvía a quedarme sola, sentada con mis hijos a la mesa. Cuando llegaba de trabajar el jaleo de sus hijos le molestaba, y las discusiones eran cada vez más frecuentes:

—*Es que tú vives para trabajar y eso no está bien, hay que trabajar para vivir* —le recriminaba.

—*¡La madre que te parió! ¡Como me vuelvas a repetir eso me marcho otra vez!* —replicaba él.

Pensé entonces que ese no era el hombre con el que me había casado. Santos se había convertido en una máquina de empresa.

A los seis años de que asumiera su cargo, nos trasladamos a un chalet inmenso y precioso que se llamaba La Calandria, y que había sido construido por la empresa expresamente para nosotros. Todo era grande y lujoso, con muchas cristaleras y con un mayor servicio doméstico.

Además, Santos compró la parcela número uno de una urbanización en el Puerto de Santa María, llamada Vistahermosa, y construyó uno de los primeros chalets que se construyeron en la zona. La parcela tenía más de 5.000 metros cuadrados, y se encontraba a menos de trescientos metros del mar. Tanto el verano como muchos fines de semana los pasábamos allí. Recuerdo con mucha nostalgia las puestas de sol y los paseos a caballo, galopando a orillas del mar.

Santos seguía protegiéndome y dándome todas las facilidades para que yo continuase siendo la misma niña inocente que antaño y no me preocupara por nada. No tenía ninguna responsabilidad, y en casa se hacía lo que mi marido decidía, sin consultar conmigo. Así que mi única ilusión era hacer felices a mis hijos comprándoles cosas.

Ahora, echo la vista atrás y soy consciente de que entre tantos lujos mi figura como madre se diluía; nunca les exigí ningún esfuerzo, ni siquiera en los estudios. Por eso a veces siento pena por no haber estado preparada para ofrecerles algo más que mi amor incondicional.

Mi hijo Raúl continuaba teniendo una gran afición por las motos y yo le complacía a escondidas de Santos. Poseía una moto de cross que conducía sin carné, por no tener la edad suficiente y con la que sufrió varios accidentes, algunos de ellos graves. Un día se encontró con Fina, mi vecina, que iba acompañada de una chica muy guapa de raza negra, que enseguida congenió con Raúl. Aquel mismo día la llevó en moto a una fiesta en Rota y, cuando faltaba poco para llegar, Raúl vio por el retrovisor a la Policía. En lugar de parar, aceleró, diciéndole a la chica que se agarrara bien; pero ella, involuntariamente, metió los tacones entre los radios de la rueda; se cayeron y dieron varias vueltas sobre la carretera, de modo que terminaron los dos detenidos y en una clínica.

Fui con nuestro chófer a verlos. La chica tenía todo el trasero magullado, y los médicos de guardia no hacían más que revisarlo desde distintos ángulos, mientras Raúl yacía en la camilla contigua sin que nadie le hiciera el más mínimo caso. Llegué, vi cómo estaba mi hijo y me fui hacia los médicos que atendían a la muchacha:

—*¿Qué es más importante, su trasero o la cara de mi hijo?* —les solté de sopetón, y enseguida se movieron y empezaron a ocuparse de Raúl.

Pero a Raúl lo detenía la Policía una y otra vez, y no paraban de llegar multas a casa. En una de las ocasiones iba en la moto con el chófer, y al pasar cerca del cuartel de la Guardia Civil, este se puso nervioso y desequilibró a Raúl, con tan mala suerte que terminaron chocando contra la misma puerta del cuartel.

Los agentes lo reconocieron enseguida y lo detuvieron. El chófer vino llorando a contármelo, y llorando fui yo también al puesto, con una docena de pasteles. Solo me dejaron ver a Raúl entre rejas. Lo pasé muy mal al observar dónde estaba metido mi hijo, pero mi marido se reía y decía a los guardias:

—*Pues bien, también deberían meter a su madre.*

—*Mire usted, yo vendo droga y tomo droga* —le confirmé yo misma al agente de guardia—. *¿Por qué no me mete usted ahí? Ahora mismo mi bolso va lleno de droga, y no se lo voy a enseñar, pero me deben encerrar ustedes en el calabozo, porque soy peligrosa.*

Quería estar junto a mi hijo donde fuera. El chófer lloraba, no sé bien si de pena o de risa.

—*Bueno, pues si usted quiere entrar en la cárcel la voy a meter, hombre* —me contestó el guardia.

—*¿Me quito el cinturón y las demás cosas?* —pregunté, recordando lo que minutos antes había visto hacer a mi hijo.

—*Cuando llegue la hora, señora, porque usted tiene que ir a otra parte.*

—*Ah, ¿pero no es aquí donde me van a meter?*

—*No, señora, usted irá donde las mujeres.*

Entonces ya no tuve más remedio que decirle que todo era mentira, que no llevaba ni droga ni nada; que lo que quería era estar con mi hijo allí dentro. Como no era posible, desde que abrían el calabozo hasta que lo cerraban me quedaba sentada en las escaleras, hablando con él a través de las rejas. Durante tres días estuve llevándole comida a él y a sus dos compañeros de celda, hasta que lo dejaron salir. El chófer, Raúl y yo nos abrazamos, cogimos el coche y nos fuimos a casa por fin.

Pero llegó también el castigo del padre. Mi marido se puso en contacto con el director del colegio de Los Salesianos de Jerez para que Raúl pasara el verano en ese centro. No podía recibir visitas y tampoco se podía hablar con él. El chófer me dijo un día:

Flor de cuneta I

—*Voy a prepararle a Raúl un reconstituyente que se hace con muchas vitaminas.*

Y le hizo un garrafón lleno.

Intentamos llevárselo al colegio, pero el vigilante nos pilló en plena fechoría inocente, con el garrafón en la mano. Sin preguntarnos qué era lo que transportábamos, llamó a Dirección diciendo que el chófer de Raúl y su madre le llevaban una garrafa de vino.

Un poco más y nos detienen a los dos. Hasta que comprobaron que no era vino, sino un líquido hecho de productos naturales. Fueron a entregárselo a Raúl junto con una carta mía y otra del chófer, pero al abrir la puerta de su habitación, mi hijo no estaba. Lo buscaron por todo el colegio y no lo encontraron. Sonó la alarma: Raúl había desaparecido y no sabían cómo decírmelo.

Mi marido, para darle un castigo ejemplar, le había llevado la moto al colegio para que la viera desde las rejas de su habitación. Entonces mi hijo, que era un "manitas", cogió un muelle del somier de su cama, y con él construyó una especie de llave con la que abrió la puerta de su dormitorio. Después no tuvo más que coger la moto que tenía aparcada en la puerta, y así escapó.

Nadie sabía por dónde andaba, así que optaron por llamar a la policía para que lo buscara, hasta que lograron dar con él. El castigo se endureció y lo metieron en la misma habitación, pero con el colchón en el suelo, para que no pudiera hacer nada más.

Estuvo todo el verano encerrado allí y la única forma de comunicarnos era por carta.

—*Raúl, ¿qué haces todo el día metido en un cuarto?* —.

—*Mami, hago barquitos de papel y pienso que estoy navegando.*

Se pasaba los días, como decía él, surcando mares imaginarios hasta que, por fin, terminó el verano.

—¡*Ojú, qué lote de hacer barquitos, mamá!*

—*Bueno, no hagas más, no cojas la moto grande, no te metas en más líos...*

—*Así lo haré, mamá.*

Poco después Raúl se sacó el carné y por fin pudo conducir sin miedo a que lo detuvieran; aunque ya era amigo de casi todos los policías de Jerez y El Puerto, a los que tanto trabajo había dado.

Capítulo 8

Vida de sociedad y empresa

Por entonces ya teníamos un bonito yate, el Fuentebravía con el que solíamos salir a navegar en familia y con muchos amigos de Santos.

Lo pasábamos muy bien; incluso, en ocasiones, permanecíamos varios días sin volver a tierra firme. El barco estaba totalmente acondicionado: disponía de cuatro literas, un camarote grande, e incluso la mesa del comedor se podía convertir en cama, así que siempre había mucha gente.

Lo cierto es que los años de González Byass fueron muy importantes para nosotros, y tuvimos una vida social muy intensa.

Recuerdo situaciones que todavía hoy me hacen reír. En cierta ocasión estábamos en una gran fiesta de la empresa, a la que asistía la flor y nata de la alta sociedad de Jerez, personas todas ellas de mucho prestigio social y profesional. La gente bebía y bailaba muy animada. Pasaba el rato sin darme cuenta de que, al otro lado de la mesa, había un señor, que resultó ser un embajador y que inesperadamente me tocó una pierna. La primera vez no le di importancia, pero después sentí unas manos en mis muslos y, sin mediar palabra, cogí una botella y le pegué un botellazo al atrevido embajador.

—*Si para que venda más la empresa tengo que dejar que me toquen los muslos, la empresa se arruina* —comenté a una marquesa que había reprendido mi comportamiento. Después todo se calmó y antes de irme de allí, y delante de todos, el embajador nos pidió disculpas a Santos y a mí.

Poco después llegó otro viaje, en esta ocasión un crucero de negocios.

—*Ahora, mete la pata otra vez* —me advirtió mi marido cuando íbamos a subir a bordo.

—*No depende de mí* —repliqué.

Llegó la cena de gala, y en el momento de sentarnos, el relaciones públicas de la empresa no sabía en qué mesa colocarme, tras el muy sonado y comentado incidente con el embajador. Al final, me ubicó en la mesa de los periodistas.

Nada más sentarme, nos saludamos todos afectuosamente. El relaciones públicas me presentó de manera formal, y así empezó la odisea. Se me ocurrió contarles lo del botellazo que le propiné al embajador, y empezaron todos a reírse tanto y de forma tan contagiosa que yo tampoco podía parar. Apenas había comenzado la velada y mi mesa ya llamaba la atención.

Después les advertí que tuvieran cuidado conmigo, porque habiendo una botella cerca peligraba todo el mundo. Total, que ya no se hablaba de otra cosa que de la mesa de los periodistas, así que les dije preocupada:

—*Por favor, hablad vosotros, porque me da la sensación de que estoy haciendo otra vez algo mal. Y no os riais tan fuerte, más bajito... ¿No podéis?*

—*Queremos hacerte muchas preguntas, quizás demasiadas... Nos interesa tu forma de vivir* —me dijeron ellos.

Antes de contarles nada, les pedí que me explicaran quiénes eran y a qué se dedicaban. Respondieron que eran periodistas y comunistas, y que nunca habían encontrado una persona con mi forma de ser y de actuar, y que les parecía muy alegre y divertida. Me preguntaron si sabía cantar y bailar y me pidieron que les cantara mi canción favorita. Miré el paisaje a través de los grandes ventanales del lujoso salón y pensé que la canción que más le iba a ese momento era «Montañas Nevadas». Reconocieron que era preciosa, aunque se tratara de un himno de la Falange, así que me pidieron que empezara a cantarla y que ellos me seguirían. Accedí con la condición de que cantaríamos muy bajito, y así fue. Mientras todos bailaban, los periodistas y yo entonamos el estribillo de la marcha:

Montañas nevadas,
banderas al viento,
el alma tranquila,
Dios ha de vencer.
Al cielo se alzan
las firmes promesas
y hasta las estrellas
encienden mi fe.

Cuando terminamos de cantarla, me propusieron entonar el himno comunista, la Internacional. No me la sabía, pero les aseguré que si me la enseñaban la cantaría. Les comenté que siempre me habían hablado muy mal de ellos, y que no me podía imaginar que fueran tan simpáticos y sencillos. Ellos, por su parte, me dijeron que si todos los falangistas eran como yo, entonces no les importaría ser falangistas, a lo que respondí que si todos los comunistas eran como ellos, tampoco me importaría a mí ser comunista. Estas palabras nos hicieron reír, abrazarnos y brindar, aunque yo lo hice con un refresco, porque nunca me ha gustado el alcohol.

Al despedirnos me preguntaron si me podían dar un beso.

—*Sí, claro que sí.* —Les constesté.

—*Un beso sencillo y decente como tú, que hemos aprendido de ti la sencillez y la simpatía de contar las cosas como las vives.*

Algunas personas preguntaron a mi marido sobre la situación que se estaba dando en esa mesa en la que tanto se reían y tan bien se lo pasaban.

—*Es que mi señora, mientras que no hagan nada que la enfade, es así de alegre. Estará contando cosas graciosas.* —Fue su respuesta

Eran ya las ocho de la mañana. Nos fuimos a descansar cada uno a su camarote y mi marido, orgulloso de mí, me pidió que nada ni nadie me hiciera cambiar en la vida.

Otra noche, antes de que empezara la velada, fuimos Marisa, la mujer del secretario de mi marido, y yo, a la peluquería. Ella era profesora de inglés, muy buena persona, pero tenía un carácter distinto al mío, mucho más disciplinado. El peluquero, al terminar, me dijo algo en inglés. Pensé que me había preguntado si me había gustado el peinado, así que le respondí con lo único que sé decir en ese idioma: «Yes, yes».

Flor de cuneta I

Entonces me presentó a un chico, y rápidamente llamé a mi amiga:

—*Marisa, ven, que yo no sé hablar en inglés y no sé que dicen.*

Entonces ella se dirigió al peluquero en un tono bastante desagradable. Al parecer, él me había preguntado si necesitaba compañía, y yo le había contestado muy alegremente: «¡Yes, yes!». Ella se enfadó conmigo y me regañó por contestar sin saber lo que me preguntaban.

—*Marisa, ya no vuelvo a decir nada en todo el crucero. Ya estoy metiendo la pata de nuevo. ¡Dios mío, yo esta vida no la comprendo!.*

Capítulo 9

Sobrepasando los límites

A pesar de esos momentos tan especiales, Santos no vivía nada más que para la empresa y el trabajo le tenía completamente absorbido, hasta que la presión le desbordó. Aunque no contaba nada en casa, yo lo notaba cada vez más nervioso y tenso. De repente un día volvió del trabajo y me dijo:

—*Alicia, prepara la maleta.*

—*¿Nos vamos de viaje?* —le pregunté.

—*No, nos vamos a la cárcel.*

—*¿Por qué vamos a la cárcel? ¿Qué hemos hecho?*

—*Tú no preguntes y vamos.*

Entonces llamé a la empresa y pregunté qué pasaba con mi marido. Uno de los dueños me contó que lo único que sabían era que no estaba bien y que últimamente todo lo quería hacer él, sin delegar ni compartir las decisiones con el resto de su equipo. Llamé a nuestro amigo Sánchez Castilla, un reconocido psiquiatra de Sevilla y le pedí que viniera urgentemente a casa. Nada más ver a Santos me dijo que era grave.

—*Alicia, estos hombres tan inteligentes pueden llegar lo mismo a tocar el cielo que a estrellarse contra el suelo. Incluso puede intentar quitarse la vida en el estado en que está* —me advirtió el doctor.

Aquella misma noche alquilamos un coche y el psiquiatra, un practicante, Santos y yo viajamos urgentemente hasta la prestigiosa clínica del Doctor Escudero en Madrid. Al llegar nos recibió él mismo, junto con otros dos médicos de su confianza. Lo encontraron muy mal y lo internaron rápidamente para tratarlo. Al poco rato nos dijeron que nos podíamos ir, que lo habían tranquilizado y que ya estaba en su habitación pero que ahora teníamos que dejar a los médicos hacer su trabajo. De forma enérgica y directa les contesté que yo me quedaba con él. Uno de ellos me dijo en tono arisco que era imposible que me quedara ya que Santos, en ese estado, podría ser peligroso y hacer cualquier locura.

Discutimos un rato. Yo chillaba para que me oyera, pues estaba un poco sordo. Finalmente, algo enfadado, consintió que me quedara, advirtiéndome que no se hacían responsables de lo que me pudiera pasar y que tendría que dormir en el suelo, porque las habitaciones eran individuales. También me informó de que tendría que levantarme a las seis de la mañana y marcharme a otro sitio, pues debían comenzar el tratamiento allí y no querían que lo viera. Le contesté que aceptaba todas las condiciones, pero rogué que al menos me facilitara una manta. A pesar de todo, al día siguiente me llevaron una cama a la habitación y ese médico y yo terminamos siendo grandes amigos.

Todo parecía empezar de nuevo para mí. Entrar en el dormitorio de mi marido y verle era sobrecogedor. La barba le medía una cuarta y siempre tenía una mirada muy expresiva. A veces le decía que hablaba con los ojos.

—*¿De dónde vienes, espía?* —me preguntaba todos los días—. *¿Crees que no sé qué vas a contar todo lo que te diga? ¿Piensas que soy tonto?*

Flor de cuneta I

Mi única distracción en esos días era hablar con los médicos y también con los enfermos, y tratar de ayudarlos en todo lo que podía. Al cabo de un mes, Santos se sentía mejor y con muchas ganas de volver a la empresa, pero el doctor Escudero insistía en que debía terminar el tratamiento.

"Alicia, habla con él y cuéntanos lo que piensa; estando casi curado es peligroso que se marche, todo podría irse a pique y suponer un retroceso en lo avanzado hasta ahora."

La puerta de nuestra habitación tenía una cerradura de la que, sin que él lo supiera, yo tenía llave para salir mientras Santos estaba dormido. El resto del tiempo lo pasaba hablándole para conocer sus inquietudes y contárselas al médico, y así logramos que Santos no dejara el centro hasta que terminó el tratamiento.

Poco a poco, el doctor Escudero y todo su equipo de médicos me dejaron hacer lo que quería, e incluso terminaron dándome las gracias.

El centro psiquiátrico tenía una pequeña capilla donde los enfermos y yo cantábamos juntos la misa. Me resultaba muy gracioso, porque cada uno entonaba los cánticos a su tiempo, a pesar de que a esas alturas llevábamos ensayando dos meses. Pero estando bajo los efectos de la medicación se olvidaban totalmente de lo que le tocaba a cada uno, y se decían entre ellos:

—*Eras tú quien tenía que cantar.*

—*No, tú.*

Así pasábamos los días, preparando canciones. También casi a diario jugábamos al dominó, aunque no conseguíamos finalizar ninguna partida, porque siempre alguno acababa dormido.

"¡Qué fácil das amor, Alicia! Solo con una sonrisa les haces soñar. ¡Cómo te quieren todos!, me dijo uno de los jóvenes médicos.

Y llegó el momento tan esperado. Por fin mi marido estaba bien, completamente curado. Esa noche les dije a todos que íbamos a organizar una gran fiesta, para celebrar que, por fin, Santos y yo nos íbamos. De repente sentí gritar a mi marido en la habitación. Entré corriendo, ¡le estaban cortando la barba y le dolía!

Aquella noche, tanto los enfermos como los médicos se pusieron guapísimos para asistir a nuestra despedida. Aguantamos hasta las seis de la mañana bailando y cantando, hasta que llegó la hora de irnos.

Santos regresó a casa y nuestra vida continuó, pero algo había cambiado en él y de nuevo podían pasar dos y tres meses sin verlo.

La siguiente Navidad mi marido decidió que la pasáramos todos en familia en un hotel de lujo en las Islas Canarias. Una noche, en la sala de fiestas del hotel, Santos se dirigió a nuestro hijo Raúl y lo retó, diciéndole:

—*¿A que no eres capaz de sacar a bailar a esa chica?*

Raúl no se lo pensó dos veces y fue hacia ella. Terminado el baile, la mujer le contó a Raúl que estaba sola y le pidió quedarse con nosotros porque parecíamos una gran familia. Mi hijo fue a preguntarle a Santos, y él contestó que le parecía muy humano. Aquella mujer terminó pasando con nosotros casi todas las fiestas, cenando en nuestra mesa cada noche. Estábamos encantados de que ella se sintiera feliz en nuestra compañía.

Uno de los últimos días de nuestras vacaciones, Santos me dijo que iba a salir de pesca y que volvería al hotel de madrugada. Me pareció estupendo, porque era un deporte que le encantaba. Me comentó que iría con un señor, conocido nuestro, al que yo había bautizado como "el del sombrero verde", porque nunca me acordaba de su nombre.

—*Pues no, no me acuerdo* —le dije.

—*Sí, él iba a vernos a Sevilla, a casa. Era muy simpático, muy agradable, y a ti te llamó la atención su sombrero verde.*

Entonces recordé que era un querido amigo. Santos me dio un beso, se marchó feliz y yo me quedé muy contenta.

Esa tarde sonó el teléfono; preguntaban por Santos.

—*¿De parte de quién?*

—*Soy «el del sombrero verde»* —dijo una voz amigable.

—*¿Pero tú no estás pescando con Santos?*

—*¡Qué dices, Alicia, si yo estoy en Sevilla y vosotros en Canarias!*

—*¿Cómo vas a estar en Sevilla, si mi marido se ha ido a pescar contigo?*

Se hizo el silencio, y le pedí que me perdonara porque tenía que colgar para poder hablar con mi marido. Antes fui en busca de mi hija Tere, que por entonces tenía diecisiete años, y le conté lo que me había pasado.

—*¡Ay, mamá! ¡Papá te está poniendo los cuernos!*

—*Tere, no digas eso, mujer. Papá es bueno.*

Mi hija me confesó que había visto algo raro en el comportamiento de la mujer que se sentaba con nosotros todas las noches. Estuvimos esperando el regreso de Santos hasta las seis de la mañana. Yo miraba hacia un árbol situado a la entrada del hotel pensando en mi mimosa cuando de repente vi llegar un Mercedes descapotable que se paraba detrás de un ramaje.

Me olvidé de Tere, me levanté y fui hacia el coche. Se estaban dando el último beso de esa noche. Al tiempo que tocaba en la ventanilla no daba crédito a lo que mis ojos estaban viendo; la mujer que se sentaba en nuestra mesa todas las noches era su querida. Entonces comprendí que todo había sido planeado por ambos desde el principio.

Le dije a mi marido que se bajara del coche y cómo sería la bofetada que le pegué, que me quedé sin botones en el abrigo. Cuando fui a por la amante, ella empezó a gritar y terminaron por salir los empleados del hotel pensando que había fuego.

Una vez dentro del hotel, hablé con mi marido. Le pregunté cómo podía hacerme eso, precisamente él que me había dado tanta fe y que tantas veces había pedido a la Virgen para que yo lo quisiera. Santos me contestó que podía querernos a las dos y añadió que esa señora era de la alta sociedad; que lo había ayudado mucho en las ventas y que en los establecimientos más importantes se vendían sus productos gracias a ella.

Le dije entonces qué no entendía que le había pasado para que en tan poco tiempo fuera capaz de decir cosas tan anormales. Él seguía justificándose, así que le grité que se callara, que me estaba haciendo mucho daño y que se fuera con ella. Me dijo que yo no sabía nada de la vida, que no sabía gozar ni disfrutar.

A partir de aquel momento, cuando mi marido regresaba a casa podía pasar cualquier cosa. Yo me preparaba diciéndome:

—*Le daré mi amor, todo se arregla con amor.*

Hacía todo lo que Santos quería, no le negaba nada ni le eché nada en cara. Intentaba darle todo mi amor y cariño esperando que reaccionase.

Capítulo 10

En la misma habitación

En una ocasión estábamos en Madrid y Santos me dijo que lo acompañara a un hotel para reservar una habitación. Una vez allí hizo un gesto que interpreté como un abrazo, pero resultó ser una maniobra para atarme con unas cuerdas y poder así emprender el camino con su amante hacia un apartamento que había comprado en la capital.

Como pude, me fui desatando, y cuando terminé no sabía qué hacer ni adónde ir. Finalmente, cogí un taxi hacía la clínica del doctor Escudero para contarle lo que me estaba pasando. Cuando les conté mi historia a los médicos observé en sus caras mucha pena. Les dije que necesitaba ayuda, porque sentía miedo de mí misma y pensaba que podía volverme loca; y es que seguía queriendo a Santos.

El doctor Escudero afirmó que podría ayudarme, siempre que ingresara en la clínica. No debía ver a mi marido. Me aconsejó que le contara la situación a una de mis hijas, a la que menos le pudiera impresionar, para que me acompañase durante el tratamiento. Se lo dije a Tere, que aceptó sin dudarlo, asegurándome que por mí haría todo lo que fuera necesario y que estaría todo el tiempo a mi lado.

Empecé el tratamiento en la misma habitación en la que había estado con mi marido. Confiaba totalmente en el equipo médico; para mí eran como de la familia, y nunca preguntaba nada acerca del tratamiento, porque sabía que harían lo que estuviera en sus manos para ayudarme a superar mi situación.

Al poco tiempo de estar ingresada, ya era una desconocida para mí misma y tampoco era capaz de reconocer a las personas que me rodeaban. Durante mi estancia recuerdo haber visto siempre a una persona a mi lado, mi hija Tere, aunque por entonces no era capaz de identificarla. Los médicos, las enfermeras, todos se habían vuelto unos desconocidos para mí.

En un par de meses me recuperé y comenzaron a bajarme la medicación. Recordé entonces los motivos por los que me encontraba en la clínica y le pregunté a Tere qué había estado haciendo allí tanto tiempo.

—*Mamá, tú hacer, poca cosa. Cada poco te caías, y rara era la noche en que no tenía que recogerte dos o tres veces del suelo de tu habitación. Tenía que estar muy pendiente de ti, pero lo importante es que vuelvas a ser tú.*

Me sentía feliz. Ya no podían hacer más por mí, la vida debía continuar, así que me dieron el alta y mi hija y yo salimos de la clínica llenas de alegría. Recuerdo que el doctor Escudero me dijo:

—*Alicia, tú puedes. Has luchado mucho por los demás, así que ahora piensa en ti y lucha, lucha por tus hijos y por tu felicidad.*

Por entonces, la empresa había comenzado a perder progresivamente la confianza depositada en Santos, hasta que le obligaron a llegar a un acuerdo para abandonarla. Poco después su querida le dejó, ya no era el brillante ejecutivo con poder y prestigio que había sido hasta entonces. Ella pasó a ser la amante de otros empresarios conocidos de mi marido, vinculados a los negocios del vino; hombres que él mismo le había presentado. Al parecer esa mujer tenía bien diseñada su parcela de negocio.

Yo me sentía bien conmigo misma por seguir a su lado después de todo lo ocurrido. Pensaba que en esos momentos de su vida era cuando más me necesitaba y el tiempo me dio la razón. Si haces el bien, la felicidad te queda. Aun así, mi vida era un auténtico lío y mi marido tenía un carácter cada vez más inestable y agresivo, nada que ver con el hombre del que me enamoré.

Tras el cese de Santos en la empresa decidimos ir de viaje a Isla Mauricio para conocer a la familia de Helena, la novia de nuestro hijo Raúl. Se habían conocido estudiando en Londres, se enamoraron y cuando terminaron los estudios ella vino con él a vivir a España.

La isla era un verdadero regalo de la naturaleza. El chalet estaba situado a pie de playa y no le faltaba lujo alguno. No había teléfono, porque decía la novia de Raúl que esa casa era para descansar, que para lo demás tenían otra casa en el centro y no querían que nadie interrumpiese las conversaciones familiares. Recuerdo cómo, casi sin percatarnos, todos los días podíamos estar hablando horas y horas, mientras desayunábamos.

La casa tenía un servicio completo formado por cinco hombres y tres señoras; todos de raza negra. El primer día yo no paraba de dar chillidos; chillaba yo y chillaban ellos también. Y es que nada más levantarme me asustaba al encontrármelos por la casa, pero a los pocos días ya éramos todos amigos. Me gustaba ayudarlos en las tareas diarias, pero ellos me lo impedían inmediatamente, con gestos y exclamaciones en su idioma. Las señoras del servicio eran tan buenas personas que pretendían ponerse de rodillas cada vez que les hacía un favor. Pero yo me sentía sumamente incómoda con ello, e intentaba evitar que lo hicieran.

En Isla Mauricio hace habitualmente mucho calor y humedad, así que mientras el servicio hacía sus tareas yo bajaba a pasear junto al mar. Allí las playas son privadas, y solo tenían acceso a ellas las familias propietarias. En esa playa encontré un perrito y me hice amiga suya. Me metía dentro del mar y él levantaba las patitas para verme. Si gritaba: —¡Socorro! ¡Socorro! ¡Que me ahogo! —el animalito se metía dentro para salvarme. Me cogía por el pelo hasta arrastrarme a la arena, aunque yo lo ayudaba. Después lo colmaba de besos, abrazos y también de comida. Todos los días me esperaba a la orilla del mar, al igual que hacía mi querido León a la salida de misa cuando era una niña.

Paseando por la playa descubrí grandes tortugas que se arrastraban en fila por la arena y palmeras llenas de monos chiquititos a los que sus madres daban de comer. También me impresionaron unos árboles que había cerca de la casa y que estaban llenos de nidos, hechos como si fueran cestitos atados a las ramas con una cuerda. Cuando hacía viento, los nidos daban vueltas como las aspas de un molino, evitando que los pajaritos y sus crías se cayeran. Una tarde que soplaba un viento muy fuerte pude ver a través de la ventana cómo cientos de nidos giraban sin parar sin que ninguna cría se cayera. También contemplé con pena al perrito, que seguía esperándome en la arena, junto al mar; pero hacía tanto viento que no me dejaron salir porque era peligroso.

La televisión anunció un tifón y no pudimos ir a navegar durante dos semanas. Así que, mientras los demás se iban a ver monumentos y a conocer los lugares más interesantes de Isla Mauricio, yo me quedaba en casa porque prefería estar con mis negritos, mi perrito, y disfrutar de aquella maravilla de la naturaleza.

Recuerdo una tarde especialmente calurosa y húmeda en la que sudábamos de tal manera que parecía que nos habíamos empapado de agua. Los hombres del servicio vestían con traje de chaqueta blanca, y las mujeres con un vestido de encaje, también blanco, que les tapaba hasta el cuello. Mientras tanto yo, con mi bikini, me moría de calor. Les dije a todos ellos, mediante señas, que se pusieran en fila y dejaran todo lo que estuvieran haciendo. Entonces me puse un traje de gitana que llevaba para regalarle a la madre de Helena, y una flor en la cabeza. Nada más verme empezaron todos a aplaudir sonrientes y a rumorear entre ellos.

Seguidamente les quité las chaquetas, los guantes y los encajes y los dejé la mar de fresquitos. Comenzó a sonar la sevillana «Algo se muere en el alma» y les enseñé, más o menos, lo que tenían que hacer. Al cabo de una semana ya sabían bailar sevillanas decentemente.

Cuando se iba acercando la hora de la comida y del regreso de los demás, se duchaban, se ponían de nuevo sus trajes y se aseguraban de que todo estuviera en orden para su llegada.

Un día, la novia de Raúl le dijo en inglés a mi hijo:

—*Darling, me parece que tu madre me está estropeando al servicio.*

En nuestro dormitorio había una gran ventanal por el que se veía mar y cielo al mismo tiempo. Me resistía dormir pensando que al despertar todo aquello dejaría de existir. Una noche meditaba mientras mi marido leía el periódico, cuando de repente entró un mosquito del tamaño de su puño; era tan grande que le derribó el periódico y muy enfadado, se levantó, cogió un zapato y se pasó buena parte de la noche detrás del mosquito, insultándolo, mientras intentaba aplastarlo sin éxito.

A la noche siguiente le dije a mi marido:

—*Santos, vamos a sentarnos en el porche para ver el reflejo de la luna y las estrellas en el mar. Es maravilloso y parece todo de plata.*

Era una noche especialmente estrellada, y el rumor de las olas invitaba a que las escucharas.

Mientras admirábamos el paisaje y conversábamos sentados en el porche, estalló un foco y al descolgarse golpeó en la cabeza a Santos. Del impacto y el susto se cayó de la silla y se hizo daño en el tobillo. Todo el servicio fue corriendo a levantarlo, pero yo no podía parar de reírme mientras ellos me hacían gestos para que me callara.

—*Prepara la maleta, que nos vamos. ¡Estoy harto!* —me dijo de repente.

Santos estaba decidido a terminar de forma anticipada nuestra aventura en Isla Mauricio. Me preocupaba que decir a los padres de Helena, así que hablé con Raúl y decidimos contarles que la madre de Santos se había puesto gravemente enferma y que por eso regresábamos inesperadamente a nuestro país.

Cuando les dije a mis queridos negritos que nos marchábamos para España, se pusieron todos a llorar, y antes de que me diera cuenta se arrodillaron y no había manera de que se levantaran. Llamé a mi marido y le pedí que me ayudara a saber qué decían:

—*Te están diciendo que mañana van a ir de cacería y que es una pena que no estés aquí para ver lo que cazan.*

—*Santos, ¡tú eres tonto! Vamos, al servicio nada más le dan órdenes y están como en la mili, y ahora resulta que van a ir de cacería.*

En ese momento llegó Raúl y le pedí que les preguntara qué querían decirme:

—*Mamá, están pidiendo a Dios que proteja a la mujer rubia y le permita volver algún día, y por eso apuntan hacia el cielo.*

Le pedí a mi marido que me dejara dar el último paseo por Isla Mauricio. Quería ver mis nidos, mis tortugas, mis monitos y mi perrito. Cuando iba a emprender la marcha, Raúl se me acercó y me dijo con voz suave:

—*No te preocupes, mami, cuando me case con Helena nos venimos todos a vivir aquí.*

Al regreso del viaje mi vida volvió a ser un completo caos. La relación con mi marido no iba bien, y la de él con nuestros hijos tampoco era pacífica. Santos provocaba frecuentes situaciones de tensión, tanto dentro de la familia como con sus amigos. Su sentimiento de soledad se hacía cada vez más patente.

Capítulo 11

El castillo de naipes

Nuestra hija Esperanza acababa de cumplir 22 años cuando se puso gravemente enferma y tuvimos que llevarla a que la viera su médico que le diagnosticó tuberculosis pulmonar resistente. Aun así, ella tuvo a sus dos hijos, Luis Miguel y Esperanza, aunque lo cierto es que su matrimonio terminó mal. La enfermedad fue agravándose y finalmente tuvimos que internarla en un sanatorio cerca de Madrid.

Tere era la que más se parecía a su padre. Era inteligente, activa, sociable, divertida y siempre estaba dispuesta a ayudar a quien se lo pidiera. Se casó en Madrid con un fotógrafo profesional llamado José Luis Botella, con el que tuvo un niño, al que pusieron por nombre Cristian.

Una tarde de verano estábamos Tere y yo atendiendo a un matrimonio amigo de Cádiz en el jardín de la casa de la playa, junto a la piscina. Cristian por entonces ya tenía tres añitos. Hablábamos tranquilamente con nuestros amigos cuando nos sorprendió un grito de angustia; era de mi hijo Jesús, que al regresar a casa se encontró a Cristian flotando dentro de la piscina, a escasos metros de donde nosotros nos encontrábamos. Mi hijo se tiró al agua completamente vestido y, con desesperación, cogió al niño en sus brazos; sintió entonces la terrible debilidad de su cuerpo. Una vez que lo sacó de la piscina ya no pudo seguir sosteniéndolo, porque el miedo se apoderó de él. Los gritos hicieron acudir a los vecinos, que intentaron reanimar a Cristian. No nos habíamos dado cuenta de su caída, ni siquiera los perros que jugaban con él ladraron en ningún momento. El niño vomitó y lo llevamos a urgencias. Todos teníamos la esperanza de que Cristian sobreviviera. Estuvimos casi dos horas en las sala de espera, comentando que le enseñaríamos a nadar y que pondríamos una red en la piscina...

—*Que entre alguien, pero que no sea su madre* —dijo un enfermero.

—*Soy la abuela.*

—*No hemos podido salvar a su nieto. Lo siento.*

Cristian falleció el 21 de agosto de 1983. Mi hija no hacía más que gritar y darse golpes. Estaba completamente hundida. Esa misma noche encontré una botella de ginebra cerca de su cama.

Flor de cuneta I

Dice el agua que un día
mi alegría me robó.
Dice el agua que ahora,
en la primavera,
no tendré ninguna flor.
Me cuenta el agua
que era un niño que soñaba
y que el agua me lo llevó.
Era mi nieto querido,
era de mi jardín la mejor flor.
Dice el agua que un día
mi alegría me robó.

A raíz de la muerte de Cristian comenzaron los problemas de convivencia entre Tere y su marido, y su matrimonio también se rompió. Tere se encerró en sí misma y empezó a beber cada vez más. Un día la animé a que saliera, a que viviera sin alcohol, porque es el mayor enemigo para la vida.

Finalmente se decidió y fue con unas amigas a Cádiz, donde hizo amistad con un chico llamado Pablo; él era una persona extrovertida, le gustaba la noche y también beber. Tere se encontraba cada vez más a gusto con Pablo; podía beber sin que nadie se lo impidiera y también disimular su sentimiento de soledad y de pérdida. Pablo no tenía estudios ni un trabajo estable, pero eso no era un obstáculo para mi hija. Quedó embarazada y tuvieron, el 18 de febrero de 1987, una hija preciosa, de nombre Alicia, como yo. Pero la vida de Tere se iba consumiendo vertiginosamente entre el alcohol y las pastillas.

Por aquel entonces, Esperanza seguía ingresada en el sanatorio. Santos y yo decidimos pasar una semana en Madrid para estar con ella. En vez de quedarme en un hotel, yo prefería estar todo el tiempo que podía en el piso de estudiantes donde residían mis hijos Jesús y Alicita, ya que ambos estaban estudiando en la universidad.

Una tarde llegó Santos al piso con mala cara y nos dijo que su madre estaba muy grave y que nos teníamos que ir urgentemente al Puerto de Santa María, donde ya vivíamos de forma permanente.

Al llegar, en el mismo aeropuerto vi a mucha juventud esperándonos, amigos y hasta sacerdotes. Me extrañé, puesto que mi suegra tenía por entonces más de ochenta años y la mayoría de los que esperaban allí no la conocían. Nos encaminamos todos al coche, y al llegar lo primero que vi fue a mi suegra sentada en la parte de atrás, llorando desconsoladamente.

—*¿Qué es lo que pasa aquí?* —pregunté.

—*Ha muerto Raúl* —dijo una voz detrás de mí.

Se hizo un silencio que me ahogaba por momentos. Pensé que se habían vuelto todos locos y pregunté por mi hijo. Me comunicaron que estaba en Rota; pedí, sollozando, que me lo trajeran. Mi hijo Jesús solo pudo reaccionar dando un grito que alarmó a todo el mundo que salía del aeropuerto: No permitía que nadie lo consolara; incluso un amigo de Raúl intentó abrazarlo y él lo apartó de forma violenta.

Raúl había muerto con solo 32 años, el 5 de diciembre de 1986. Volvía de una fiesta en Rota donde se encontró con un amigo americano que era alcohólico. Este le pidió que lo llevara a casa porque se encontraba mal. Raúl lo llevó en su moto y en el trayecto el amigo se tambaleó y estuvo a punto de caer. Mi hijo intentó agarrarlo, pero la moto se desequilibró y terminó saliéndose de la carretera. A su amigo no le ocurrió nada grave, pero Raúl recibió un fuerte impacto en la cabeza con tan mala fortuna que terminó con su vida.

Yo rogaba una y otra vez que llevasen a casa a mi hijo. Cuando entró el féretro me puse de rodillas y empecé a abrazarlo y a besarlo.

Flor de cuneta I

Dime, Raúl, que no es cierto,
que soñando estoy despierta,
que mentira es la noticia
con la que me deja muerta.
Dime que solo es un sueño,
dime que no estoy despierta,
dime que cuando te lloro
no lloro tu eterna ausencia.
Dime que vivo soñando,
que pase de mí esta prueba.
Dime que aún estas vivo,
que la muerte no te lleva.
Dime que estás esperando
como siempre mi presencia.
Por qué te has ido tan presto,
aprovechando mi ausencia.
Por qué, mi amado Raúl,
al llegar ya no me esperas.
Todo está muerto sin ti,
yo no quiero regresar,
yo no quiero vivir
si esperando tú no estás.
Dónde están aquellos ojos
que al mirar acariciaban,
dónde están aquellos labios
que tan dulce me besaban,
dónde está su brazo fuerte
que sostenía mi alma.
De tu huella la simiente
en mi vida está grabada
y desde que tú te fuiste
duermo en sueños sin palabras.

Flor de cuneta I

Me sumí en una profunda confusión; me sentía sin fuerzas para vivir. Pero entonces una mano empezó a acariciarme y me aferró desde atrás. Era mi hijo Jesús, que me decía:

—*Mamá, ahora te necesitamos más que nunca.*

Esas palabras y la ternura con la que mi hijo me abrazaba pidiéndome ayuda me hicieron ver un poco de luz. Dejé de verme rota y desconsolada, para darme cuenta de cómo Jesús buscaba más que nunca el amor y la protección de su madre. La debilidad que me causaba el dolor se convirtió en una fortaleza inquebrantable hacia mis hijos, que tanto me necesitaban.

El funeral de Raúl tuvo lugar en el chalet de Vistahermosa, en un salón que había en medio del jardín. La estancia no tenía paredes, era todo de cristal, y al atardecer se iluminaba de manera especial. Muchas personas asistieron a la ceremonia, sobre todo jóvenes amigos de Raúl. Cuando mi hijo salió de casa hacia la iglesia, los militares americanos le dieron un precioso homenaje. Era impresionante verlos tan altos, luciendo sus uniformes de gala, y al mismo tiempo tan tristes.

Flor de cuneta I

Mi hijo Jesús nos pidió a Santos y a mí que le dejáramos reparar y quedarse con la moto de Raúl. Santos accedió y Jesús nos lo ha agradecido siempre, supuso algo muy importante para él y llegó a recorrer casi toda Europa con ella.

También mi hijo Titos se aficionó a las motos, y con sus primeros ingresos se compró una muy parecida a la de Raúl. Una tarde, poco tiempo después, se fue a dar una vuelta con toda la pandilla y con su hermana melliza, Alicia. Al volver, vi a Alicia un poco pálida. Yo estaba en el sofá leyendo y, como ya desconfiaba de todo, salí y me encontré a mi hijo Titos sin apenas piel en la cara y con magulladuras por todo el cuerpo.

Lo que sucedió fue que había un paso a nivel cerrado y no se dio cuenta hasta que se lo encontró delante. Solo pudo tumbar la moto y derrapar para poder pasar por debajo. Al ver a mi hijo así, y como hacía poco tiempo que había perdido a Raúl, le dije que no quería más motos; pero no sirvió de nada. Titos estaba cada vez más enganchado al ambiente motero. Formaba parte de su vida, al igual que le había pasado a su hermano.

Capítulo 12

Vestida de flores

En el sanatorio ya no podían hacer más por Esperanza y regresó a casa muy enferma. Todos los tratamientos habían sido inútiles; ya no le quedaban fuerzas ni para salir de la habitación. Pasaba el tiempo conectada permanentemente a una botella de oxígeno y el deterioro de su cuerpo era cada día más patente. Su vida se apagaba segundo a segundo.

Un día, mientras cuidaba a Esperanza, me avisaron de que había un señor abajo que quería verme. Me llevé una sorpresa, pues era el amigo alcohólico de Raúl, el causante del accidente. Hizo intento de ponerse de rodillas delante de mí, pero se lo impedí. Se acusó, desesperado, de haber matado a mi hijo. Yo lo abracé y le dije que estuviera tranquilo, que Raúl estaba bien.

—*Ahora lo que tienes que hacer es no beber, por Raúl.*

—*¿Puedo seguir llamándola «mami»? Es que así la llamaba su hijo Raúl.*

Nos despedimos y subí enseguida al dormitorio de Esperanza para contarle lo que había pasado con el americano. Pero, ante mi sorpresa, encontré a mi adorada hija en el suelo de su habitación. Había sufrido un gran vómito de sangre y, para evitar manchar las sábanas, se dejó caer de la cama. Con mucho esfuerzo traté inútilmente de levantarla; no había nadie en casa a quien pudiera pedir ayuda. Ella me pidió que le rezara a San Antonio, que siempre me había ayudado en todo y que le diera su crucifijo. En el suelo había muchísima sangre y al ir a buscar el crucifijo resbalé y me caí también. Nos empezamos a reír las dos, con el crucifijo entre las manos. Estuvimos así un buen rato, hasta que llegó mi marido. La cara de Santos estaba desencajada, pero con su ayuda conseguimos finalmente levantarnos, mientras no dejaba de decir: *"la madre que os parió a las dos"*.

Al comentar a mi cuñada Carmina lo que me había pasado, no dudó en acudir a mi lado. Vino desde Ponferrada con dos de sus hijos: Manolo, que es pintor, y María del Carmen. La habitación de Esperanza era preciosa, y estaba orientada al mar. El ambiente junto a ella era alegre, todos cantábamos, nos contábamos chistes y Esperanza hacía imitaciones, una de sus actividades favoritas.

Pero, pese a nuestros cuidados, Esperanza se encontraba cada día peor; solo pensaba en descansar e irse con su adorado hermano. Su cuerpo era ya apenas un esqueleto; se le notaba hasta el color del corazón y apenas podía respirar. A sus 32 años luchaba por morir. Mi cuñada ya no sabía dónde ponerle las inyecciones, porque no tenía más que hueso y piel. Estuvimos unas tres semanas casi sin dormir, al lado de mi hija.

Esperanza le pidió a su primo Manolo que, antes de irse con Raúl, la pintara junto a su hermano en la pared. Manolo se puso manos a la obra enseguida. Ella, agradecida, aseguró que le pediría a Dios que lo ayudara. Nos pidió con insistencia que quería estar muy guapa antes de irse al Cielo y nos encargó que le hiciéramos un vestido muy especial para su último viaje. Entre mi cuñada, mi sobrina y yo le hicimos un traje muy bonito, de color azul cielo y con muchas flores estampadas. Por último, quiso que la pintáramos bien, que la pusiéramos muy guapa.

Flor de cuneta I

—*Esperanza, hija, ¿para qué quieres ir tan guapa?*

—*¡Ojú, mamá! Cuando llegue al cielo me dirá Raúl: «Pero Espe, pero qué requeteguapa vienes». Porque tú sabes, mamá, que siempre iba con Raúl a sus fiestas muy arreglada y muy guapa.* —Y continuó, ya delirando—: *nunca digáis que Dios hace las cosas mal, pues siempre sabe ayudar. Le debo mucho a Dios por mi enfermedad, porque he conocido lo más grande que Él da, que es el amor que me tenéis y el testimonio que me habéis dado. Tanta esperanza y tanta alegría que ahora llevaré también al cielo. Fijaos si es bueno Dios, que se llevó antes a Raúl para que al irme al Más Allá no tuviera miedo. Mamá, cántame; cántame aquellas canciones tan bellas que me cantabas cuando era pequeña.*

Con la voz rota y profundamente emocionada, intenté, sin éxito, iniciar alguna de esas canciones. De pronto, saqué fuerzas de flaqueza, me animé, convencida de que con la ayuda del Señor todo se puede, y con amor y alegría le canté las canciones preferidas de su niñez.

Rodeada de cariño, afecto y ternura, Esperanza se fue consumiendo como un cirio blanco, mientras me susurraba sus últimas palabras:

—*¡Oh, madre! Qué palabra más corta pero con tanto significado; no me canso de repetirla... No te preocupes, mamá, voy a ser muy feliz junto a Raúl; vendremos juntos a consolarte... ¡Mamá, dame otra almohada para poder ver mejor tu cara! ¡Qué alegría tener una madre tan buena y cariñosa como tú! Tu gran fe, mamá, ha sido tu mejor regalo... ¡Ay, Señor, tengo un sudor muy frío! Mamá, cántame «Madrecita del alma querida». Es mi homenaje a ti, porque yo ya no puedo cantar. Mamá, mi corazón se resiste a morir, porque es joven; mis pulmones, sin embargo, quieren parar, están cansados de sufrir. Mamá, me estás dando la felicidad que no pudiste darle a Raúl, porque estás junto a mí cuando me muero. Soy muy feliz, porque presiento que muy* *pronto voy a verlo, él me está esperando, mamá, está precioso y me tiende su mano... Mamá, enséñame el vestido, quiero estar muy guapa para encontrarme con Raúl y Cristian. Ponedme una rosa blanca entre las manos y el poema que mamá me ha dedicado. Pintadme para que no se vea mi palidez. Mamá, qué maravilloso es el poema que me has hecho esta mañana; me lo llevaré para leérselo a Raúl. ¡Alicita! ¿Dónde está Alicita? Es mi hermana preferida, terminará pronto su carrera y yo la ayudaré desde el cielo. Jesús, hermano mío, nunca te olvides de mí; gracias a ti supe lo que era la paz y la superación. Los días vividos contigo y mamá en Almería fueron los más hermosos de mi vida. Te deseo toda la paz y la ternura que tú me diste a mí; yo te ayudaré, hermano mío, desde el cielo. Carmina, qué dulce y qué buena eres; has dejado a tu marido y a tus hijos para atenderme, y yo te lo pagaré con creces desde el cielo. ¡Menos mal que me espera Raúl, si no me moriría dos veces, la primera de miedo!*

—Pedid al Señor que me lleve pronto junto a él —exclamó, con apenas un hilo de voz—, *porque ya no puedo aguantar más. Dadme oxígeno, no puedo respirar, noto que cada vez me queda menos vida. Tengo un abanico de colores, ¡arsa! Mamá, no te olvides de despedirme decidles que cada vez que haya un cursillo en san Juan estaré allí con ellos animándolos y ayudándolos, y en las clausuras no os olvidéis de que también estoy con vosotros. Decidles a todos que los ayudaré desde el cielo. Papá y mamá, qué orgullosa estoy de vosotros... Aunque parezca mentira, le doy las gracias a Dios por esta enfermedad, porque gracias a ella he descubierto vuestro amor y vuestra fe. Mamá, cógeme la mano, me siento muy mal, me falta el aire, no puedo respirar, me asfixio... Mami, apriétame más fuerte la mano. No quiero que llores, no tiene sentido llorar, porque voy a ser muy feliz con Raúl en el cielo. Cuidad y quered mucho a mis dos hijos, Luis Miguel y Esperancita. ¡Qué pena no haber podido ser para ellos una verdadera madre! Decidles que siempre estaré junto a ellos.*

Y así, en las primeras horas del 15 de enero de 1990, se consumía, con apenas 32 años, la vida de mi hija Esperanza. Murió con la misma edad que su querido hermano.

Esperanza ya se fue a buscarte, Raúl.
Ahora está junto a ti
Y más sola me quedo yo.
Qué triste es mi cantar
hasta volveros a ver.
Vuestro recuerdo
será eterna presencia de fe,
el faro que alumbrará
para siempre mi ser.
Vuestra ausencia
no quebró mi fe,
que siempre sentí,
porque sé que el Señor
os abrazará por mí.

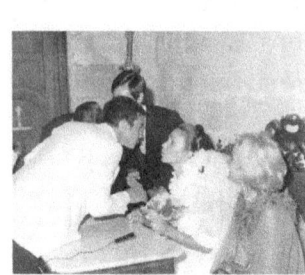
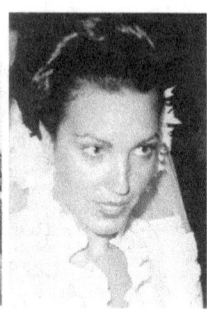

Su funeral tuvo lugar en el mismo salón que el de Raúl. Su cara reflejaba paz y tranquilidad. Nuestro querido amigo y sacerdote, don Publio, dijo antes de iniciar la misa:

—*No vamos a pedir por Esperanza, porque con solo mirarle la cara sabemos que está con Dios. Vamos a pedir por los que quedamos, para que el Señor nos siga dando fuerzas con las que continuar nuestro camino.*

Mi sobrino Manolo cumplió la promesa que le hizo a Esperanza y empezó a pintar el mural. Estaba retocando la figura de Raúl cuando me di cuenta de que a su lado había una imagen difusa que reflejaba claramente la cara de Titos. Al comentárselo a Manolo los dos nos quedamos impactados. Llamé a Titos y, bromeando, le dije que el pincel había pintado su cara, y en el mismo tono me respondió que eso significaba que él también se iría pronto.

Sus palabras me dejaron tan preocupada que a menudo salía al jardín, lo miraba, lo besaba y lo abrazaba. Estaba tan guapo y tan moreno, irradiaba tanta salud y ternura, que yo no decía nada, pues mis pensamientos eran difíciles de entender.

A los tres días de haber enterrado a mi adorada hija Esperanza, estaba en el jardín y vi a la puerta del chalet un coche fúnebre. Pensé que venían a por la cruz de Esperanza, que aún estaba en el salón. Me acerqué a preguntarles, pero lo negaron. Casi llorando, dijeron que traían a Titos. Fue a Sevilla a recoger la moto del taller y en el viaje de vuelta al Puerto de Santa María sufrió un accidente frontal contra un camión que le segó instantáneamente la vida.

Mandé que pusieran el féretro en el salón, junto a la cruz de Esperanza. Mi hijo Titos murió cuatro días después que su hermana, el 19 de enero de 1990. Tenía apenas veinticinco años, y murió subido en una moto del mismo modelo que llevaba Raúl cuando tuvo el fatal accidente.

Cuando introdujeron su cuerpo por la puerta me arrodillé en el mismo sitio que cuando murió Raúl, y en ese momento recordé el pincel.

> Solo con mirarte me decías todo:
> guapo, alto, listo y moreno.
> Siempre tan lleno de vida
> siempre tan contento.
> Tu meta era ser feliz,
> como Raúl fue en su tiempo.
> Tu vida no fue fácil,
> mas nunca te rendías,
> pues te sobraba amor
> y con tu amor vencías.
> Si todos te queríamos,
> si todos te queremos,
> rezaremos unidos por tu amor
> y algún día en el cielo
> todos juntos estaremos.
> Titos, qué mudas están las cosas,
> qué callada está tu alma,
> por todas partes te veo
> y oigo siempre tus pisadas.
> Al viento lento os mecéis
> vosotras, mis rosas blancas,
> y en vosotras yo presiento
> el latido de su alma.
> Mi jardín ya se ha vestido de colores
> y en las ramas cantan pájaros felices,

Flor de cuneta I

pero mi alma, sin ti,
está muda y desolada.
El viento silba en mis pinos
una canción que no acaba,
la brisa del mar los mece
para decirme que me amas.

Mi hijo Jesús escribió en una de sus notas:

Hay situaciones que no se pueden asimilar. Son momentos que te dejan suspendido en el tiempo y donde la mente deja de pensar para quedarse en la nada. Ya no cabe más dolor ni incomprensión, solo me queda una mirada hacia el infinito que lo atraviesa todo.

En el entierro de Titos hubo tal concentración de motos que el chalet acabó totalmente rodeado por ellas y camino del cementerio los coches apenas podían circular. De forma instintiva, me acerqué a uno de los moteros y le pedí que me llevara con él, al lado de mi hijo. Al verlo, mi hijo Jesús hizo lo mismo.

Me resulta muy difícil explicar lo que sentía en esos momentos. Durante todo el recorrido fui muy cerca del coche fúnebre, y no hacía más que mirar el féretro pensando que Titos estaría muy contento al verme en una moto, cerca de él, y me imaginaba comentándolo con Raúl y Esperanza:

—*Mirad qué graciosa está mamá en la moto.*

Llegamos al cementerio y, mientras bajaban los restos de mi hijo, todas las motos empezaron a rugir al unísono; parecían gritar y gemir. Era un sonido estruendoso y melódico que se tornó en canto de despedida.

Capítulo 13

A la deriva

Tras la muerte de Titos, su hermana melliza no encontraba consuelo posible. Nos volcamos con ella; yo le decía que confiara en Dios, porque las penas con él son más llevaderas. También le dije que sentía que Dios nos había elegido de alguna manera que no podíamos comprender.

Dormíamos juntas y ella no paraba de llorar, no encontraba alivio a su pena, ni siquiera sentía ilusión por aprobar la única asignatura que le faltaba para terminar su carrera de Derecho. Yo la acompañaba todos los días a la Universidad para animarla, hasta que por fin terminó la Licenciatura, aunque ni siquiera tuvo interés por saber la nota.

También dejó su relación con Álvaro, su novio de toda la vida y un tiempo después conoció a Salvador, veinte años mayor que ella, con el que tuvo una hija llamada Lara, nacida el 3 de junio de 1995. Intentó entregar todo lo que tenía a su hija y buscaba en ella un nuevo sentido a su vida, pero por mucho que lo intentaba, nada podía aliviar su dolor. Su tristeza era cada vez más fuerte y profunda.

Una mañana, la chica de la limpieza me contó una noticia que acababa de oír en la radio: habían encontrado en la playa de Vistahermosa a una mujer joven ahogada. Lo primero que se me pasó por la cabeza fue la posibilidad de que se tratara de mi hija, pero inmediatamente rechacé ese pensamiento. Fui a buscarla a su habitación y encontré todo en perfecto orden; incluso seguía allí la rosa que junto a una nota le había colocado sobre su almohada el día anterior, diciéndole que la quería mucho. Entonces el desasosiego se apoderó de mí; estaba convencida que la muchacha de la playa era mi hija.

Su cuerpo se hallaba a la espera de que le hicieran la autopsia. Allí estaba Santos, acompañado de Carlos, el marido de mi hija Margarita. Quise ir con ellos, pero mi hijo Jesús estaba de viaje y me había dejado al cuidado de su hijo Raúl, a quien puso ese nombre en honor a su hermano. Como era muy pequeñito, no podía dejarlo solo ni un instante. Estaba desconcertada y totalmente bloqueada;

Alicia finalmente no fue capaz de superar la muerte de su hermano y su lucha por vivir terminó siendo un camino de sufrimiento, que la inundaba de soledad y dolor. Murió el 5 de septiembre de 1997, a los 32 años de edad.

En los brazos del recuerdo
se aúnan nuestras almas,
se eleva triste la luna
iluminando las aguas.
Desde nubes sombrías
torrentes de lluvia cabalgan
y del sol el rayo fulgura
en la mar lejana.
Veo muerta la pradera,
veo seca la enramada
y la soledad me rodea
y el frío invierno me abraza.
Reseca tengo el alma

Flor de cuneta I

desde aquel preciso instante,
de aquellas horas amargas
consumido está mi cuerpo
y mi vida siento desgarrada.
Aquella noche murió,
cuando la noche empezaba,
y llantos de lluvia y nieve
también en el cielo lloraban.

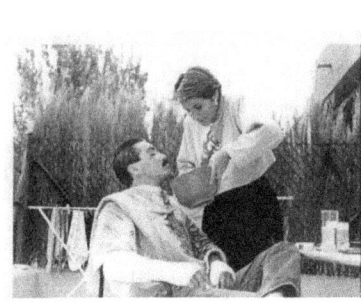 

Una tarde estaba sentada a solas en el porche y de pronto empezó a sonar la música que solía escuchar mi hijo Raúl. Me levanté del sofá intentando localizar de donde provenía, pero la melodía me acompañaba a donde iba con la misma intensidad. Deduje que el Señor quería darme consuelo, asegurándome que mis hijos estaban felices con Él. Como nadie me iba a creer llamé a Encarna, una amiga mía de El Puerto que era la esposa de un prestigioso médico de la zona. Le comenté lo que me había ocurrido y vino rápidamente a casa con una de sus dos hijas. Al entrar en el porche y pisar el suelo de nuevo volvió a sonar la música. La hija de mi amiga fue al servicio, cogió una barra de labios y marcó con cruces los lugares de donde parecía salir la música. Nos fuimos al salón a hablar de lo ocurrido y llamamos a Santos. Mi marido nos dijo que estábamos locas y la música dejó de sonar.

Aquello sucedió en un momento en el que mi vida transcurría a la deriva, con el recuerdo permanente de mis hijos. Empecé a comprar libros que hablaban del «Más Allá»; sin embargo, no conectaba con lo que leía; lo que yo sentía era mucho más fuerte.

Entonces me enteré de que se organizaba un Congreso en Madrid sobre estos temas; le dije a Santos que había comprado entradas para asistir y fuimos juntos. En el recinto donde se celebró había tanta gente que incluso los pasillos estaban repletos de sillas. Hicimos muchos amigos, porque a todos los que estábamos allí nos inquietaba saber qué sucedía con los seres que habíamos perdido.

Había unas seis conferencias diarias. Me pareció mal que los asistentes solo pudiéramos escuchar al conferenciante, sin posibilidad de hacerle preguntas. Hablé con mis nuevas amigas y les expuse mi descontento, lo que desencadenó un cierto

122

revuelo, de forma que a la hora de la siguiente conferencia decidimos quedarnos fuera.

Entonces salió un responsable preguntando qué ocurría y yo le expresé mis quejas. Quería tener la oportunidad de dirigirme a los conferenciantes. Aquel señor se ofreció a devolverme el dinero si me sentía descontenta; informándome que, en caso contrario, debía esperar a que llegara el momento oportuno.

Todas las conferencias eran parecidas. Uno de los profesores comentó que para poder conectar con las personas del «Más Allá» había que situarse en un lugar oscuro y disponer de una mesa de camilla y de una vela encendida debajo de ella. También intervenían psicólogos de distintos países, que facilitaban al público su número de teléfono y su dirección para quienes quisieran contratar sus servicios. Al final no era más que un negocio. Acabamos dándonos cuenta de que era una tomadura de pelo y, defraudados, volvimos a casa.

Nada más llegar, mis amigas quisieron saber de mis experiencias durante el Congreso. Me preguntaban si había visto algo nuevo; si había hecho algo especial. Recibieron, en cambio, mi decepcionada respuesta: aquello habían sido asuntos de hombres inteligentes, nada más.

Así que volví a mis antiguas costumbres, como si aquel Congreso no hubiera tenido lugar. Todos los días recorría en mi triciclo lleno de flores los más de ocho kilómetros que separaban mi casa del cementerio, para estar con mis hijos. Sus lápidas relucían de tanto limpiarlas y cuando llegaba la Navidad les ponía adornos; incluso montaba un nacimiento. También escribía poemas sobre sus lápidas y hablaba mucho con ellos.

En una ocasión se me pasó la hora del cierre del cementerio; estaba tan a gusto y concentrada en mis poemas que no escuché las palmadas del vigilante avisando de que había que salir, y finalmente me quedé encerrada en el camposanto. Ni corta ni perezosa, me acosté sobre la lápida de uno de mis hijos y me quedé dormida hasta que abrieron al día siguiente. Durante la noche recordé en sueños las visitas que hacía de pequeña al cementerio para ver a mis abuelos queridos y lo unida que me sentía a ellos. Ahora lo hacía con mayor alegría e ilusión si cabe, porque iba al encuentro de mis queridos hijos.

Casi siempre que mi nieta Alicia estaba con nosotros la llevaba conmigo en el cesto del triciclo, rodeada de flores. Por entonces, ella tenía apenas seis añitos, y solía decirle:

—¡*Vámonos pa' arriba, Ali, que ya queda menos!*

Una vez en el cementerio le explicaba:

—¡*Venga, Ali, vamos a poner las flores a las casitas!*

Ella me cogía de la mano y me ayudaba con alegría mientras cantábamos.

Era tan feliz recorriendo el trayecto en triciclo que más de un conductor de camiones se asomaba a la ventana y me decía:

—*Rubia, ¿ya vas al Rocío?* —Yo miraba y sonreía.

Mi vida matrimonial, en cambio, iba de mal en peor. A Santos se le iba agriando el carácter cada vez más. Sus inversiones y negocios dieron pésimos resultados y, en consecuencia, los problemas económicos no tardaron en aparecer. Tuvimos que internarlo varias veces en un psiquiátrico debido a que sufría cuadros depresivos bipolares. Cuando se enfadaba conmigo preparaba la maleta y se iba a un monasterio, dejándome sola. Una de aquellas veces se marchó sin dejarme dinero ni comida.

Mi amiga Rosarito, hermana del párroco de la iglesia de La Borriquita, solía visitarme casi todas las tardes porque me estaba enseñando a bordar a máquina. Yo no quería contarle nada sobre mi situación, hasta que un día se percató de que algo pasaba cuando pretendió ir a la cocina a por agua fresca y le dije incómoda que tenía el frigorífico desenchufado porque lo estaba limpiando. A la tarde siguiente fue a la cocina sin decirme nada y al ver el frigorífico funcionando y vacío, me preguntó por qué no tenía tenía alimentos en la casa, así que tuve que contarle la verdad. Me recriminó por no haberle explicado antes mi situación, y desde ese día siempre me llevaba comida en abundancia. Rosarito me decía que yo tenía a la vez muchas cosas y ninguna, pero que, fuera como fuese, yo seguía siendo la misma.

Capítulo 14

Volviendo sobre nuestros pasos

El chalet de El Puerto se quedó grande para nosotros. Ya solo estábamos Santos y yo, así que nuestro hijo Jesús nos convenció para que nos viniéramos a vivir a Sevilla, donde él trabajaba y donde también vivía mi hija Margarita.

Estando ya en Sevilla, en la mañana del 18 de agosto de 2002 me llamaron desde Tarancón, provincia de Cuenca. Mi nieto Luis Miguel, hijo de Esperanza, había tenido un grave accidente durante una carrera de motocross y se había quedado parapléjico. Luis Miguel había vivido con nosotros durante varios años de su infancia, mientras se solucionaba la separación de sus padres. Era un niño asustadizo y de muy buen corazón. Le encantaba dar paseos en invierno con los perros por la playa de Vistahermosa. Cuando los pastores alemanes presentían que Luis Miguel se estaba preparando para dar el paseo, empezaban a ladrar y a dar saltos de alegría.

Su grave lesión medular no ha supuesto un obstáculo para que Luis Miguel sea una magnífica persona y un buen abogado. Tiene su propio despacho en Tarancón y goza de un gran prestigio. Se ha superado en todos los aspectos, y el 1 de diciembre de 2009 fue padre de mellizos, Jorge y Lucía. Luis Miguel sigue haciendo todo tipo de actividades, desde montar en moto con cintas que le sujetan, hasta descensos en canoa, pruebas de velocidad con bicis preparadas y cualquier cosa que suponga un reto a su movilidad. Un día me dijo:

—*Abuela, no cambiaría mi vida de ahora por la de antes. Ahora me siento más persona, pienso más en los demás. Antes casi nunca pensaba en mi madre, que está en el cielo, y ahora estoy convencido de que es ella la que me da suerte.*

Me emocioné y me llenó de orgullo cuando el pasado 19/6/2015 pude ver por la televisión como S.M. el Rey de España, Don Felipe VI, le condecoraba con la Medalla de la Orden al Mérito Civil, por su espíritu de superación y su vocación de liderazgo solidario con sus compañeros, los pacientes del Hospital de Parapléjicos de Toledo.

Mi hija Tere también se trasladó con nosotros a vivir a Sevilla. Estaba cada vez peor por el alcohol y las pastillas y sus problemas con la policía y los hospitales eran continuos. Mi hijo Jesús la acogió varias ocasiones y estuvo viviendo en su casa. Consiguió finalmente convencerla para que ingresara en un centro privado de rehabilitación, y, después de tres meses, Tere salió como nueva. Volvía a ser la hija alegre y despierta de siempre.

Sin embargo, nuestra ilusión se vio truncada cuando, a las pocas semanas, tuvo una recaída y volvió a beber. Perdió el último tren, no pudo aprovechar la última oportunidad que la vida le ofreció y terminó pidiendo dinero de casa en casa para comprar droga y alcohol; ni siquiera quería comida. Apenas quedaba nada de mi hija en ese cuerpo deteriorado y consumido por las drogas.

La convivencia en casa era cada vez más difícil. Un día, como ocurría habitualmente, Santos y Tere discutieron, pero en aquella ocasión mi hija le entregó un cuchillo a su padre y le desafió a que se lo clavara. Yo estaba en medio, intentando arrebatárselo, hasta que, viendo el peligro, con todo el dolor de mi corazón, tuve que pedirle a mi hija que se marchase y no volviera más, para que no ocurriera una desgracia.

—*Tere, tú quieres mucho a tu padre, y si lo quieres tienes que irte para que esto no vuelva a ocurrir.*

—*Si mamá, yo me voy, pero con la condición de poder besar tu mano todos los días sin que me abras la puerta.*

—*Mama, te quiero mucho*

—*Y yo a ti hija mía.*

Mi hija venía todas las tardes para hablar y acariciarnos sin llegar a cruzar la entrada, hasta que un día tuve la sensación de que estaba sin vida; su cara y, sobre todo, sus ojos, no parecían de este mundo. Al día siguiente, cuando llamaron al telefonillo preguntando por la madre de Teresa, ya sabía lo que iban a decirme.

Tere falleció sola, con 49 años, el 2 de mayo de 2003, en un piso de San Juan de Aznalfarache.

Para evitar que su padre se tuviera que ocupar de nada, Jesús arregló todos los papeles. A Tere le hicieron la autopsia y después la incineramos. Yo sentía dentro de mí una paz y una unión cada vez más íntima y especial con mis hijos del cielo.

Flor de cuneta I

Han vuelto las golondrinas
pero tú ya no volverás.
¡Oh! Si volvieras de nuevo,
está tan lindo el rosal.
Los lirios me preguntaban por ti
en su lengua floral
y me acongoja la pena de decirles
que tú ya no estás.
Ha vuelto la primavera
mi jardín a cortejar,
trae su aire nuevos bríos
trae aromas de azahar.
Pero mi hija Tere
en esta primavera
ya no estará.
Todas mis rosas son blancas,
blancas como mis penas,
y no son así las rosas
es que ha nevado en ellas.
Antes tuvieron color, sí,
antes eran más bellas,
vosotros me las regabais
y me adornabais con ellas.
En ellas busco ahora
el consuelo a mis penas,
pero no me dicen nada
y el dolor en mí se enreda.
Han vuelto las golondrinas
pero tú, Tere, ya no estarás.

Flor de cuneta I

Pasado un tiempo, mi marido y yo intentamos volver a ser felices, pero Tere siempre volvía a nuestras conversaciones. Nos habían ocurrido demasiadas cosas.

Buscando retomar algo de normalidad volví a jugar al tenis y él a su juego favorito, el dominó. A veces jugaba conmigo apostando dinero y aunque me hacía trampas escondiendo algunas fichas, yo le ganaba de todas maneras. Cuando tenía que darme el dinero yo daba vueltas por la mesa con las monedas en la mano para hacerle rabiar, y él siempre me dedicaba su famosa exclamación: "¡La madre que te parió!". Lo pasábamos muy bien y nos reíamos mucho.

En aquella época jugaba al tenis casi todos los días. Durante un partido de dobles con mi amiga Marisa de repente me sentí muy mal, apenas podía respirar.

"Marisa, no me encuentro muy bien; estoy muy fatigada.

Alicia, disimula, que si no te van a echar todas las pelotas a ti y te vas a cansar más."

Yo escondía mi cansancio agachándome para atarme los cordones, aunque acababa atándolos, desatándolos y volviéndolos a atar para ganar tiempo y poder respirar. Aguanté y ganamos el partido.

Al acabar me fui, como siempre, con mi triciclo a casa. En el camino vomité sangre coagulada, así que pedaleé más deprisa para llegar cuanto antes. No había nadie en casa y llamé a un gran amigo que es médico que me aconsejó que fuera al hospital inmediatamente. En ese momento llegó mi marido y me llevó a urgencias.

Los médicos me comunicaron que había sufrido varias trombosis pulmonares y que podía morirme en cualquier momento, incluso llamaron a un sacerdote para que me diera la

Extremaunción. Le dije que nada tenía que confesar, que me iba al cielo tal como estaba si debía irme ya. Era consciente de que me podía ahogar en cualquier momento, pero, tan pronto vi a mi hijo Jesús y a los niños, me entraron ganas de luchar y de vivir, así que le pedí a Dios que me dejara un poquito más de tiempo para estar con ellos.

Sufrí tres trombosis sucesivas; nadie se explicaba cómo había sobrevivido. Después de salir del hospital tuve que ir cada tres semanas al especialista para comprobar la evolución de mi sangre. Cada día me decían que estaba peor y así estuve cerca de año y medio.

Un caluroso día de verano me vi obligada a rodearme de mantas eléctricas para mantener el calor en mi cuerpo. Tenía tanto frío que incluso sentía que las mantas se enfriaban. Escuché a mi hija Margarita decir en voz baja a su padre que tenía la sensación de que yo estaba muerta. Mi marido lo negó, pero solo porque notó que aún respiraba. Fuimos otra vez al especialista y le expliqué que yo no podía vivir con ese frío glacial, que prefería morirme. Para evitar que la temperatura de mi cuerpo bajase tanto, el doctor me quitó el medicamento Sintrón, no sin antes advertirme que podía ser peligroso.

Al dejar de tomar el medicamento me sentí mucho mejor; ya no tenía frío, e incluso cogí la bicicleta y volví a jugar al tenis. Pero algunas noches me seguían despertando los vómitos de sangre y sentía que me ahogaba. Pese a todo conseguía disimular, ocultando como podía la sangre coagulada, para que nadie se enterara. Cuando me iba a duchar me entraba la risa al mirarme en el espejo y ver que las manchas de sangre me hacían parecer un payaso de circo.

Una noche sentí que no podía respirar, así que desperté a mi marido y le dije que me encontraba muy mal. Mi cara estaba helada, el sudor era muy frío y me ahogaba. Sin embargo, nada más decirme Santos que iba a llamar a Jesús, me hice la fuerte y le mentí, asegurando que ya estaba mejor. Sentía que me moría, pero no quería que mi hijo me viera sufrir.

Me puse a rezar; le pedí a Dios que me dejase pasar más tiempo entre mis hijos y mis nietos, porque los hijos de aquí me necesitaban más que los del cielo.

Esa noche pasó y poco a poco fui recuperando mi energía; en un tiempo volví a ser la misma. El amor es algo milagroso y necesario; y estoy convencida que es lo que me mantiene viva.

Capítulo 15

De nuevo frente a frente

A Santos le gustaba tener el jardín iluminado con luces de colores y cuidaba todos los días las flores y las plantas con esmero. Intentaba con ilusión que tuviéramos el jardín lo más bonito posible, y se enorgullecía de ello. Puso a la entrada del chalet una pequeña cruz hueca en la que colocó una figura de la Virgen decorada con estrellas. Cuando hacía viento se caía, pero a él le daba igual y la volvía a situar en su lugar. Todas las noches me pedía que fuéramos a verla, y se le iluminaba la mirada cuando le decía que estaba preciosa. En una de las visitas de mi hijo Jesús, le pedí en voz baja que le comentase a su padre lo bonita que estaba la Virgen de la entrada. Aunque a Jesús no le agradan ese tipo de adornos, con un esfuerzo muy bien disimulado le dijo a su padre, mientras lo rodeaba con el brazo:

—*Papá, qué bonita está la Virgen, y qué bien queda con las estrellas.*

Santos vino corriendo, emocionado, a contármelo, se sentía muy orgulloso y feliz. También mi hijo lo recuerda como algo muy especial y en más de una ocasión me ha resaltado el sentimiento de unión que experimentó con su padre en esos breves momentos.

Flor de cuneta I

Al día siguiente, Santos me regaló un poema que guardo con mucho cariño:

Dios sembró miel en tus prados
hierba fresca y limpio cielo;
en tus manos puso anhelo
de nardos recién cortados.
En tus labios sosegados
calla la paz del Señor
y hay en tu pecho
un temblor de fontana transparente.
¡Para tu sed impaciente!
¡Cuánto convite de amor! Tiene tu alma
esa suave canción de arroyo que rueda.
Tu voz posee la seda
de fino plumaje de ave.
Tu ternura, Alicia, sabe
a amapola mañanera,
a esplendor de primavera,
a oración madrugadora.
¡Ay, se deshoja en la aurora
tu bondad pura y sincera!

Esa misma semana me fui a jugar al tenis y le propuse a mi marido que viniera y jugara al dominó con sus amigos, pero no quiso porque se sentía mejor en casa y quería terminar de colocar en el porche un cuadro de escayola con la imagen de la Virgen en relieve. Nos dimos un beso y me marché, mientras él me decía:

—*Alicia, por primera vez siento que soy feliz. Soy muy feliz. Que te lo pases muy bien y no se te olvide ganar. Te quiero, te estaré esperando.*

Esa tarde me entretuve más de lo normal, y cuando regresé era de noche. Me encontré el chalet iluminado, la música sonando y el televisor encendido. Me pareció extraño porque siempre que volvía de jugar al tenis salía a mi encuentro para preguntarme cómo me había ido. Lo llamé en voz alta, pero no respondía y pedí al Señor que me ayudara.

Cuando me di la vuelta para buscarlo me encontré a Santos en el suelo, junto a la Virgen que intentaba colocar en la pared. La imagen se había roto en la caída y yacía a su lado. Parecía dormido. Lo primero que pensé fue que se trataba de una broma, sabiendo lo que a él le gustaban. Estaba muy moreno y muy guapo y su cara irradiaba paz.

—*Anda, Santos, no hagas el tonto, que te he estado buscando por todas partes.*

Como vi que no me hacía caso me acerqué a él, le di un beso y su frialdad me hizo saber que se había ido. Seguí hablándole, pero él ya me escuchaba desde el cielo.

Santos falleció el 18 de octubre de 2003, con 72 años, apenas unos meses después que nuestra hija Tere. Cuando le di el último beso noté algo muy especial. Vino a mi memoria el baile y la canción que un día nos unió para siempre, «Frente a Frente», y con ella volví a sentir al hombre que siempre quise.

www.ingramcontent.com/pod-product-compliance
Lightning Source LLC
Chambersburg PA
CBHW060125260626
47160CB00005B/2018